愛。無所畏

孩子的書屋，給孩子全新的未來

故事：陳俊朗
書寫：古碧玲

目錄

各界推薦（按姓氏筆畫順序）

吳柏毅（財團法人家樂福文教基金會執行長）

假如你每日辛勤忙碌於工作與家庭，這本書絕對是啟動你內心最深層的仁慈並鼓動你對生命的連結。書裡的故事就發生在台灣，一個個幼小的心靈被摭拾而起，放上與未來約定的軌道。對於陳爸與書屋的老師們，這不是奉獻——而是責任。愛與勇氣，讓他們繼續前進。

林懷民（雲門舞集創辦人暨藝術總監）

在美麗的台東，有這麼多亟待陪伴成長的孩子。我看到這些大人們用生命陪伴孩子，除了學業之外，也用音樂、體育澆灌。護持孩子在缺乏愛的荒原中有尊嚴地成長，讓人動容，讓人想伸出手，加入他們的行列。

徐璐（台灣好基金會執行長）

二〇〇八年左右，人稱「陳爸」的阿朗，身上只剩四十七元，應該是說，他及他所創立的台東書屋全部只剩四十七元。他去加油站，加了四十七元的油，因為書屋還有兩百多個孩子，他至少要開回書屋。台東書屋已經有接近八、九個月發不出薪水，沒有錢買菜。因為沒有吃的東西，有些孩子只好回家，回到黑暗、甚至暴力的家。想到這些孩子回家後的種種不堪和困頓，以及再回歧路的可能，支撐著阿朗一直咬緊牙要把書屋辦下去。

但書屋終於彈盡援絕了，阿朗苦撐的結果，他的健康亮了紅燈，書屋和家裡的房租水電都付不出來，家人都不諒解他，妻子也黯然離去。

那個剎那，阿朗曾一度萬念俱灰，連活下去的意志力都快動搖了，但他還是捨不得書屋，他告訴朋友：「我如果因此會做到死，那就做到死吧！」

但老天終究只是為了鍛鍊他、考驗他。一個不是特別熟、但知道他在做書屋的朋友，在他真的再也撐不下去的時候，匯了五萬元給他；之後，又一個朋友，匯了三萬元。這八萬元救了已奄奄一息的阿朗和書屋。

之後，愈來愈多人知道書屋，資源也陸續進來。不過，硬脾氣、不肯被施捨的阿朗，對有些不是以善意支持為出發的資源，說不接受，就不接受。

我其實對阿朗不算特別了解，但當我知道他曾有過這段「苦到倒地」，卻仍決定苦撐到「最後一刻」的歷程，使我對他有了更深的敬佩！

我曾問阿朗，他怎麼回顧來時路？「對的事，就一直堅持，做下去就一直做下去，一定會成的。」阿朗如是說。

陳樂維（初鹿牧場董事長）

「一個孩子是家庭的事、學校的事，也是社區的事。」我深信，那更會是整個國家社會的事。何其重要！在某個清朗的下午，第一次與陳爸見面，那雖略顯疲憊的面容，我卻從他的雙眼看到了篤定的「愛．無所畏」。何其不凡！

楊雅棠（設計工作者）

關於書屋故事，最令人動容的，不只是對這些陌生孩子的付出；而是這群心中各自有憾的大人，在看似偶然的人生機緣下，因為孩子靈魂的帶領而勇敢進入自己的殘缺世界。他們以付出的形式拼補碎裂的自己，他們的轉身面對，真正無愧「無所畏」。也因為面對，平時難以表達的「愛」，在這力量下得以安靜的自然舒展。

潘進丁（全家便利商店公司董事長）

去年聖誕，我有幸觀賞到書屋孩子的音樂表演；精采的舞台背後，是每位老師無私的奉獻、對孩子的愛，和珍貴的理想！

劉振祥（攝影家）

書屋的孩子最讓我驚訝的是：在這裡，他們都不怕大人，臉上總充滿笑容。要他們幫忙做任何事都「爭先恐後」，完全不推諉。而陪伴者所做的更是「不可能的任務」。陳爸有許多未來產業的規畫，讓從書屋長大的孩子日後能奉獻給家鄉，不必再重蹈其父母的覆轍——自己到都市工作，把孩子留在家鄉。其中的思維相當縝密，也可讓非營利組織有部分自給自足的能力，不必完全仰仗捐款，還有餘力協助其他 NPO，應該有更多的人來支持這樣的組織。

蔡培慧（台灣農村陣線 秘書長）

溫暖的故事之外，躍然紙上的是人們在困頓中的堅持，孩子們在無依無助無奈的失落中，仍然自覺自重自立，彼此支持奮力前行。或許我們都需要孩子的書屋，好放心孩子的未來；更要緊的，阿朗與書屋讓我們知道桃花源不在彼岸，它就在人們付出行動的每一刻。

推薦序

無所畏懼的精神，勇於承擔的肩膀

嚴長壽（麗緻管理顧問董事長、公益平台基金會董事長）

教育問題是國家未來競爭的命脈，也是青年品格、視野開展的關鍵要事，按理說在一個文明的社會裡，政府應該對此負起責任才是，但是在K12決定沒有排富條款的同時，卻又沒有任何對偏鄉弱勢的濟弱條款，代表偏鄉問題從未被認真看待過，也代表今後的社會貧困翻身變得益發遙不可及。

由於城鄉的差距越來越大，青壯年人口外流與隔代教養的問題，形成偏鄉的中空現象！幸好，台灣各地有許多像陳爸這樣極具熱忱而富有愛心的社會創業家，長期在第一線為經濟弱勢與家庭失能的兒童及青少年默默付出與關懷，他們除了要照料不同年齡層孩子們的課業外，還得十八般武藝樣樣都會、樁樁都包，舉凡學童的生活、心理及家庭等需求，再加上募人、募錢等複雜且棘手的多重問題，都必須並一一面對處理。在資源已然被大量掠奪的偏鄉，這些課輔單位只能赤手空拳、辛苦地自食其力、自給自足，其所承受的壓力非所一般，讓長壽不禁感到佩服、不捨又極為無奈！

教育不能等，孩子的未來不能被犧牲。在《愛‧無所畏》這本書中，我看到一股無所畏懼的精神與勇於承擔的肩膀，更感受到一顆顆真誠關懷孩子們的心。陳爸與所有書中描述的人物代表著一種民間的力量，填補了政府當為而未為的區塊。我衷心盼望在台灣這個愛心盈滿的社會，能在捐款之餘，進一步思考捐「人」，也就是採取行動把自己的經驗捐出來、把自已的時間捐出來，讓每一分力量、每一份資源都能夠被善用，讓我們共同攜手呵護台灣美好的環境、土地與社會，也為我們的下一代創造一個擁有希望的未來！

推薦序

微笑！台東！

黃秉德（政治大學 NPO-EMBA 平台計畫主持人）

到台東了。飛機緩緩下降，下方白色浪花撫弄著美麗海岸，像串珍珠鍊輕輕地撩撥少婦美麗的頸項。見到精神飽滿的阿朗和他揮汗的夥伴，也與羞澀但掩不住開心的小孩輕聲招呼。溫暖的台東，總讓我這個北部人熱得軟懶酥麻。

台東的美麗景觀，掩蓋不了背後的憂愁。本書一一介紹書屋的老師及孩子們，這令人動容故事的背後，透露出偏鄉或邊緣社區的無奈：地方產業停滯、青壯人口外移、社區與家庭功能萎縮……地方中小學對於這群弱勢學童，也常有心無力。而四十年前已存在之各大院校山地服務隊，至今仍年年招生、常常獲獎，卻改變不了其投入偏鄉工作徒勞無功的事實。

「孩子的書屋」成為台灣「弱勢社區再生」的新指標，創造新的社區活化模式。帶著傷痕的老師，用無畏的愛陪伴受傷的孩子。孩子因老師的無私而成長；老師因孩子的茁壯得以撫平內心傷痕。失去信心的親長因孩子的成長，重新有了愛的能力。當創傷因無畏的愛轉變為改變的動力，社區也因此得以復甦再生。

「孩子的書屋」將要邁向「社區產業活化」的新里程碑。產業的發展，將啟動社區再生契機。中央廚房的設置，使各書屋能穩定供餐；備餐與送餐的工作量具規模，得以提供就業機會；供餐食材由書屋農作團隊供應部分訂單，加上有機百香果種植、天然果汁加工，亦再增添工作機會。

從陪伴照顧發展出供餐、送餐，從供餐發展出農作，延伸至農產品加工；中央廚房也從供餐，延伸出餐飲職訓，甚至發展出餐點品牌的可能。產業的活力吸引遠方遊子，就業的機會讓更多的家庭得以穩定。未來台東的孩子，不只擁有碧海藍天、青山綠地，還有溫暖的家庭、有趣的學習環境、活潑的社區產業。

「弱勢社區再生」與「社區產業活化」，已在阿朗「孩子的書屋」團隊經營下系統化展開，實際可見的改變也將可逐步驗收。這一切的轉變都回溯到一個共同源頭，就是「愛‧無所畏」。

朝陽像火球般從海上緩緩升起，來大聲喊：台東！上帝愛你！

推薦序

在艱難的期許之下，依然有信心與盼望

方新舟（誠致教育基金會董事長）

第一次在台東「孩子的書屋」看到陳爸親手寫的「愛・無所畏」這四個字時，心裡觸動了一下。是什麼樣的人，經歷過什麼樣的淬煉，會給自己這麼大的圖像、這麼艱難的期許？

經過一年多的來往，特別是經過今年年初由我們幾位夥伴合辦的「社會創業家成長營」前後三天的多次討論後，對陳爸的「愛・無所畏」的圖像有更清楚的了解、感動跟敬佩。書屋十三年，陳爸散盡家財，曾經有半年靠吃生力麵過活，不但妻子離他而去，又承受兩個書屋孩子死亡的責難跟打擊，若不是經過年輕時闖蕩江湖的鍛鍊，哪有勇氣跟不服輸的毅力撐過來？他的夥伴也各自走過崎嶇艱難的路，一人一本辛酸淚。若不是有無畏的愛，這一群受過各種磨難、人生並不完美的凡人，哪能經歷無數次的考驗，還凝聚在一起，照顧過上千位孩子，對社區做出這麼大的貢獻？

有幾位「社會創業家成長營」的夥伴，如Vincent、Jennifer、Jeffrey早已是「孩子的書屋」後援會的重要推手。他們本身事業都很有成就，卻都選擇做沉默的陪伴者。他們不但自己出錢出力，還南北奔波地募款，更到台東蹲點，跟書屋經營團隊一起工作、一起生活，實際了解書屋面臨的困難跟挑戰，陪伴他們成長。另外像Raymond，他不但出錢，更在百忙中撥出時間，把他如何帶領五、六百億營業額團隊的經驗，毫不藏私地跟陳爸和他的夥伴分享。

大家之所以這麼心甘情願，除了被書屋團隊無所畏懼的愛所感動外，也很急地想把從陪伴書屋所累積的智慧跟經驗，用以幫助台灣其他地方的偏鄉弱勢族群。老實說，問題的嚴重度跟困難度遠遠超出一般人的理解。

「孩子的書屋」多年來竭盡心力地提供孩子們一個溫暖、有飯吃、可以互相信任的社區。在這裡，夥伴們跟孩子們互相修補彼此的弱點，無論是學業、品格、職能，共同為社區努力。它看到身處邊緣、亟待扶持的孩子的需要，彌補政府的不足。

其實「孩子的書屋」並不是台灣唯一的個案或特例。如果每個縣市政府社會處都能支持這些課輔單位，「主動積極」地與社區課輔單位聯手，成為一個關懷的網絡，孩子們就不會迷失在暴力與毒品當中。倘若學校的校長、老師能「主動積極」地與這些陪伴孩子的課輔教室協力，他們就不會在徬徨中失去方向。政府單位與學校不該只把自己的責任局限於組織權責與校園內，讓這些為孩子默默付出的社區支援系統承受各種壓力；當他們為孩子的晚飯到處奔波，我們卻視若無睹時，台灣的民主制度已經失去為民謀利的初衷！

在不友善的大環境下，「孩子的書屋」的成功與否有了不同的高度跟意義。它一定要成功，不只是為了台東的孩子，更為了其他偏遠弱勢地區的單位做出典範。反過來，如果在無畏的愛心推動下都不能幫助弱勢孩子找到盼望的路，那麼台灣如此多的偏鄉弱勢孩子的前途在哪？

我們知道，單憑愛心是不夠的。尤其當組織變大，核心價值可能會變模糊時，如果沒有領導能力，太多愛心只會造成資源浪費，甚至造成更大的傷害。

「創業維艱，守成不易」。陳爸這些年來身心都受到極大壓力，加上二〇一三年三月的一場車禍，體力已大不如前。最近，他大幅調整組織，也宣布再過兩年要交棒。我們祝福「孩子的書屋」團隊能同心協力接下這個重擔，讓陳爸能喘口氣，以便走更長的路。我們也希望有更多天使來陪伴「孩子的書屋」跟其他偏鄉課輔單位，讓目前充滿負面思維的台灣在這「愛．無所畏」精神中，重拾信心與盼望。

推薦序

愛的連結

龔汝沁（城邦文化基金會執行長）

熟識我的人都知道，我從小一心要嫁豪門，但礙於沒有名模般姣好的美貌，連擦身豪門而過的機會都沒有。之後有個兒子，索性立志自建豪門，目標就是成為一個豪門中雍容華貴高高在上的婆婆。過去一直追逐名利、崇尚奢華、愛好名牌的我，從來不曾想過我的人生會和公益慈善有些許的連結，更不曾想過，像我這樣的人會為公益慈善而感動。

之前，我只見到熱賣商品或迷戀偶像時用到「秒殺」這個詞，但近幾年來，我卻見到好多企業員工自願陪伴窮鄉僻壤濱海地區的弱勢孩子，也用到「秒殺」這樣的字眼來形容踴躍投身的情況，著實讓我驚訝，而後深深地感動。其實，台灣社會除了有熱心捐贈的善心人士外，還有好多好多願意付出時間陪伴弱勢孩子的小小公民；只是這些一點一滴的陪伴，缺乏一條連結的線，一旦這條線串起願意奉獻的愛，我們就會看見零星的線、點滴的愛，匯成一個大面向的公益社會，充滿愛與關懷。

陳爸和他的夥伴，如同我認識的全職志工般，讓我尊敬。無關背景及學歷，他們都有一個共通點，就是有決心做對的事；因為有決心就能遇見機會，給自己機會，也給別人機會。書屋的孩子們，如同我接觸的弱勢孩子般，讓我心疼。他們都該被給予一個機會，讓他們知道：如果有決心，他們也可以有一個不同於他們眼前看到的人生。而這個機會，正是我們花一點心力就能夠給他們的，有機會為他們創造一個突破現況、超過局限的啟發。

我是一個傳統的婦人，求神拜佛改運是我常做的事。有個已往生的老闆，二十年前曾經告訴我一句話：「讀書可以改運。」二十年來，我自認還稱得上一帆風順的運氣，應該和讀書脫不了關係。而面對弱勢孩子、大專學生或是在職學員，我也一直分享「閱讀可以改變命運」。無論你（妳）是用什麼樣的傳播載具（報紙、書刊、網站、手機、Pad 等等）透過什麼樣的形式（紙本、電子或影音等等）吸收知識，都是好的。期待《愛．無所畏》這本書的讀者，或許能憑藉著書中的感動，將我們愛人的能力，有決心地透過公益團體連結到需要被給予機會的弱勢孩子，而我們大家的命運也就會改變得更好、更順、更美滿。

推薦序

我兒俊朗

陳基傳（陳俊朗的父親）

自小，他就是讓我最擔心的一個孩子。看不得別人有困難，看不得別人辛苦過日，總是傻傻地跳出去幫助別人，不會考慮自己。這看在父母的眼裡，是無止盡的擔心……

書屋，在身為父親的眼裡看來，是我兒用生命做出來的。

一個個別人都說壞的孩子，他一個個撿起來顧著。為他們去吵架、跟人家爭得面紅耳赤、大打出手……沒有一個孩子跟他有關係，但他就是視如己出，一天過一天，一年過一年，照顧著幾百個的孩子。從有點積蓄到四處跟朋友借錢。從一堆朋友到沒有朋友。為了教孩子讀書，沒看他好好睡過覺。為了讓孩子有飯吃，沒看他好好吃一頓飯。沒人像他這樣傻。也沒人像當他爸爸、媽媽一樣需要這麼擔心自己孩子的。

在最辛苦的時候，我知道他二姊麗慧將他的故事作了一段影片寄給了她的朋友，困局因此慢慢打開。現在書屋有很多人支持，工作人員也多了，孩子更多了。我的擔心卻沒少過。他的責任更重了，眉頭皺的更深了。我常自己安慰，他是在做菩薩做的事。但他只是個凡人。只是他比一般人有肩膀，有大愛。

我以他為榮。

書屋的故事要寫成一本書，我也為他們高興。希望一切都順利。

祝福大家！

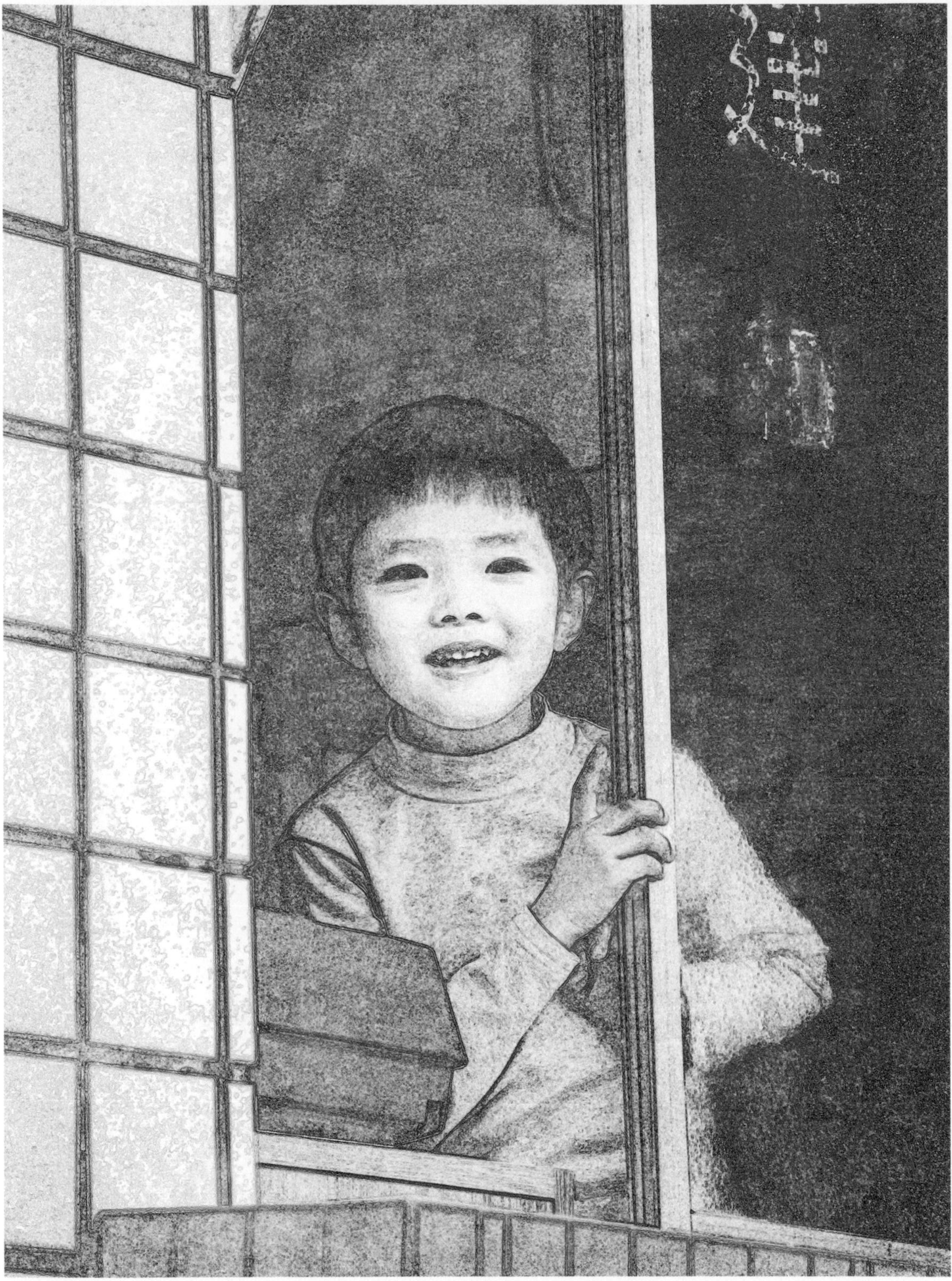

因為懂得，所以慈悲

【導言】

古碧玲

人的一生，除了為名為利為自己之外，在功名利祿都成就之後，繁華落盡之餘，可否有值得我們花點時間，讓自己暮年回首時，覺得至少做了一件於社會有益的事呢？

每個人身上是否都有這種「利他」動機的自我實現，我不得而知。但至少書屋這群人有吧！若以一般人眼光來看，他們簡直就是傻子。

對許多人來說，做社會公益是一種點綴。多數人想回饋社會，都是在自己行有餘力的時候開始著手。有能力的人很少願意讓自己過得苦哈哈的，拿回饋社會當志業；有本事的人多半都是以捍衛下一代的利益為前提，豈會把他人的孩子當作自己的孩子看待。

從台東這塊土地長出的「孩子的書屋」，故事從一個混跡江湖的陳爸回到故鄉開始。十三年來，有數千個被功能紊亂的家庭與學校磨損得身心內外皆傷的孩子，經過這個機構的扶植與陪伴，免除了浮沉於江湖險路中的厄運；在這裡，從來不曾在這些孩子生命上過架的愛，不再缺貨，一償他們「做孩子的權利」，讓顛沛流離的成長路減少坎坷。

作為書寫者，我刻意以倒敘、時空交錯的手法，意在今昔對照。並從過去由陳爸陪伴走過躁動青春期的四個大孩子開始寫起。這四個孩子生命風景各自不同：家庭表面健全，父子關係卻一度如寇讎般的宏盛；家裡大人永遠浸泡在酒精中的原住民女孩玉念；成長過程不斷被大人責備的單親孩子，選擇封閉自己的逸文；功課不好但家庭和樂，從跑馬拉松裡肯定自己的阿達。四個大孩子迄今仍與書屋關係緊密，從他們身上，可看見從過去到現在部分書屋的面貌。

而幼嫩的孩子往往是大人暴烈狂刀下的魚肉，不堪大人磨蝕耗損的單純天真，孩子心底五指斑斑的傷痕還來不及復原，又一再被淩遲。書寫在「幼苗」的篇章裡，每一位小小孩的背後滄桑，總有一則則粗暴成人的自私與冷酷算計。

至於書屋的老師——孩子們的陪伴者中，生命基調彈奏著「悲嗆奏鳴曲」的大有人在；他們那些曾經支離破碎的過往，因著書屋的孩子與陳爸得到重生，讓失落的拼圖一塊塊重拼起來，包括：從不知如何做自己的單親母親阿娘；二十歲就開賭場的毒蟲滄哥；與父親關係惡質的法律系高材生秋蓉；失意失婚的思想者里拉；九歲喪母的叛逆種子阿潘；流浪到台東的拳擊教練林明煌；身心被失敗婚姻炙傷的烘焙主廚美智；被妻子視做丟到垃圾桶也沒人要撿的「匪類王」亨傑。這八個人與陳爸相遇相知、衝突衝撞，透過書屋孩子洞明自己的內在，療癒不堪的過往。

從故事裡，看到這些孩子的悲劇，也看到這些大人真心陪伴「別人的」孩子。也許你會懷疑他背後的動機究竟是什麼？你以都會人的眼光來看這書屋，總覺得不怎麼樣，你心想，不過就是一個「課後輔導」機構嘛，這種機構在許多鄉鎮也有呀！

尤其你一聽到，「孩子的書屋」居然罕見高學歷的志工、少用在體制內有長久教學經驗的老師、拒絕用體制內的教材等等「內規」，這「孩子的書屋」究竟有何特別之處？本書試圖回答這些問題。

「孩子的書屋」裡，聘任的都是專職老師，而且多半是非教育科班出身，甚至也不乏學歷僅中學肄業的社區媽媽，你一定想問，創辦人陳爸到底怎麼想的？

關於不用志工陪伴孩子的問題，他會很清楚地告訴你，多數的書屋孩子的生命都是被「告別」的。他們可能一出生，就被他的父母告別——可能父母跑了，可能父母去外地工作很久沒回來，可能父母中間有一人失蹤很久了，或是，就算有父母，他們的父母也極少扮演陪伴孩子成長的角色，種種狀況讓孩子一直處在「被告別」的狀況。

這些孩子的故事往往會吸引善良熱心的志工，總想奉獻一個暑假或一段時間。孩子與志工們相處一段時間，開始產生信任關係；但大人的時間到了，有更重要的事得去做，孩子再度失落了，又「被告別」一次。大人認為很美的「一期一會」，卻讓小小的心靈不知道自己又哪裡不對，為什麼又有人要離他而去？

「孩子的書屋」則像是孩子的避風港，外頭風暴來襲，孩子可以逃到這裡；而在燈塔裡跟他們招招手臂、晃晃燈號的還是那個守著燈塔的人，燈塔可能不夠華麗，裡面的溫暖與關愛，卻能教孩子放心地好好歇歇。

再來，你或許會問，這些守燈塔的人裡面，好像根本不懂天文、地理、航海學等，憑什麼指引這些小船走向正確航向呢？

看看書屋如何培訓這些燈塔守護者，或許你會改觀。

這些陪伴者多數都錯過學習關鍵時期，他們該唸書的時候，大部分都在社會上廝混，國小、國中的基礎極差的比比皆是；對他們來說，最痛苦的也是重拾過去未曾認真讀過的課本。從小學到國中，陳爸要求他們得把數學學到二次元方程式，英文必須要會背一千個單字，還得一關關通過考試，才有資格擔任書屋老師。

其中現任書屋五個督導之一的阿娘、滄哥以及書屋負責人珊誠，都跟得好辛苦，幾乎都快放棄了。這過程中，阿娘拚命掉頭髮，兩度遞辭呈。甩掉毒蟲生命的滄哥，連有些英文字母還搞不清楚，更是不敢面對，痛苦到變成兩面人，正向積極的這面說：「我要跟你積極面對，克服萬難。」悲觀反面的則是借酒澆愁，每次考卷都亂寫著：「阿朗，你要逼死我。」

夥伴抗拒退縮，個個幾乎快奔潰了，但陳爸毫不退讓，只跟這些老夥伴說：「你們擔任每個部門的頭，這關不過，你們就沒有未來。你不必和主流教育裡的大學、碩士畢業教師相比，但如果連國小、國中的程度都沒有，怎麼教孩子？」書屋唯一有的是：可以讓每個陪伴者從頭來、清清楚楚地走一遍，當他們自己「困而學習之」，踏踏實實學會原來不會的學科，就再也沒有教不會的孩子。

書屋這些夥伴放下自尊、嘔心泣血地通過考試，教起孩子來，最大的優點是完全沒有驕傲。他們以孩子為主，用「為父之心」、「為母之心」，如同一個很勤勞的父親，雖然程度不好，但他願意陪孩子，幫孩子解決問題；用這樣的心去陪伴孩子，從頭追溯出孩子學習難關究竟卡在哪裡，任何問題都得以被解決。

經過一番熬煉，陳爸累積出自己的教學實力。他曾獨力帶過一百個孩子，其中有國小三、四、五、六年級以及國中的孩子，當他把這些書通通走過一遍，完全拆解並攤開小學及國中每個年級、每一學期要教的重點與輪廓，所有的問題都可以迎刃而解，能夠讓孩子很簡單就學會所有的課業。

十三年日以繼夜地絞盡腦汁，陳爸更發展出一套獨特的地理教學：先把世界地圖畫在白板上，並結合歷史課，可以在十二個小時、二十四個小時之內，把一個完全不懂地理的人，教到對台灣、中國、世界地理有六成以上的理解程度。

在陪伴孩子當中，陳爸歸納出：「教育重兵應該壓在幼稚園跟低、中年級。」基礎打好了，國小高年級就不會差。今年，書屋在台東的六個社區書屋——南王、建和、溫泉、建農、美和、知本以及嘉義兩個書屋，又另行設立了小高班與多元書屋，讓弱勢孩子可以從小被扶持到高中，不輕易放棄自己。

小高班試圖解決國小六年級以下的問題，把國小五、六年級生全部集中在溫泉書屋，以高、中、低程度，針對國、英、數、社會各科分班，依各科不同程度，將每個孩子分在不同班級，利用上國中前的兩年時間，穩定孩子的程度。

至於孩子最容易走偏的青春期階段——國中、高中期間，多元書屋現階段任務，即為了解決想放棄讀書的國中、高中生問題。許多弱勢孩子到國中已放棄讀書，為了給這樣的孩子打造學習的空間與機會，給他們選擇拳擊、射擊、單車等項目，一旦他在這些項目拿到好成績，書屋老師即可以導引他回過頭來學習。所以多元書屋是對國中、高中生所設計的。

書屋還為想讀書的國中生設置了國、英、數專科班，並針對所有國中、高中生設置了充滿實驗性的閱讀專科班，設計了金字塔研究、黑洞研究、消失的國度——亞特蘭提斯的研究、造火箭等。例如談到槓桿原理，書屋老師解說過原理後，就由孩子自己設計投石車，教他們分辨設定不同支點、施力臂、抗力臂，並分組競賽，採用遊戲方法教物理、化學，透過跨科別實際操作，既好玩，又有勝敗，孩子無不喜歡。

這就是書屋的兩個重點：以自由且實際的教學方法引導這些弱勢的學生，從放棄讀書再發展出適合自己的一種學習方式。

從剛開始的單純陪伴，陳爸一路走來，在各種因緣裡歸納出：那才是台灣主流教育之外，一種正確的學習模式。它可以提供偏鄉弱勢的孩子找到自己，也可以提供非偏鄉非弱勢、主流教育裡面的孩子找回自己。讓那些有靈性、野性、反叛，具備真誠、具有自我良知與創造力，卻被主流教育貼上標籤的孩子找回自信。

「全台灣大概有一半的人是缺少陪伴的吧！」有位朋友說。從宜蘭運動公園的小鐵人三項比賽中，再次看到陪伴有多重要。每個參賽的孩子都有父母極盡呵護，除了加油，還跟著陪跑。卻有四個小孩不見父母陪同，而是在書屋的兩位大人帶領下，參加比賽。兩相對照，如天淵之別。慶幸還好有書屋大人的真心陪伴，讓這些本來不可能嘗試小鐵人三項的孩子摒除退卻的態度，有機會親身參賽，這是一般課輔班不可能擔當的。

今年，書屋已種下自己的百香果，踏出產業的第一步；期許未來五年的時間，孩子的書屋能造出構築中的幸福莊園——一種自給自足的社會主義、一個中間地帶，合理的面對並逐步解決台灣的問題。

書屋是一個物質並不充裕的組織，但因為有愛，圓滿了不足之處；因為這些走過死蔭幽谷的陪伴者都懂得孩子的需要，所以慈悲，所以美麗。本書所述遠不及書屋故事的千分之一，期待能感召千千萬萬有心人加入「書屋運動」。

感謝書屋與後援會每一位夥伴的協力，尤其是敞開心胸把自己故事托盤而出的書屋陪伴者。也感念本書的主編藍萍配合在最短時間內編輯出版；基於保護書屋孩子的前提下，攝影師劉振祥這回交出一批特別的素描；最後關頭，有了絕佳的裝禎設計高手楊雅棠的加入，讓這善善相乘的任務得以達陣。諸般種種的力量，成就二〇一三年如此良善的因緣，讓我在離開高來高去的工作崗位後，有機會腳踏台灣地土，寫出這些上善若水的生命故事。

一 化蛹

大小孩們

被貼上標籤的原住民孩子；被失意父親當做出氣筒；
被母親娘家不斷責罰的失怙孩子；受困於學校成績的正常家庭孩子……
每個馨香的孩子來到世間本該擁有柔綿綿的愛，卻因為父母的失職、學校老師的歧視等，
大人的蹂躪不知不覺傷害了孩子的心靈甚至身體，讓走投無路的孩子選擇自我放棄。
在書屋裡不乏這樣的孩子，他們原可能被社會的黑暗力量所沾染或吸收，但因為有書屋這第二個家，
成為孩子無路可走時的棲身之地，宛如《聖經》裡的「逃城」一般，可以避開擊殺。
書屋一位大孩子這樣說：「還好有陳爸，陪我走過躁動的青春期。」

一

化蛹

大小孩們

台北新鮮人

宏盛

在新店七張捷運站附近，和宏盛揮手道別，他一溜煙過了馬路，沒有回頭，直直去尋他的機車。目送他的背影，他那一抹靦腆的微笑似乎還凝在空氣中。

這天，節氣介於清明後穀雨前，「雨水生百穀」，都會區的台北滴滴答答下了忒久、令人幾近發霉的雨；終於盼得放晴日，氣溫卻飆高得無比燥悶，行人們間或短袖出籠，宏盛卻好似不識燒熱般，身著防風的黑色亮面夾克。這旅北打拚的十八歲大男孩，是第二次離家，暫別他所生長的台東，對比於過去第一次離開父母家的憤懣與委曲，這次是帶著祝福與忐忑，投入完全陌生的新北市與烘焙業。

從烤麵包做起，進入社會的基層非熬不可。每日半夜三點多，宏盛趕走睡蟲準備上工，直站到下午兩點鐘，一天顧烤爐時間逾八個半小時。書屋有些大人暗自議論說，看宏盛能熬多久，「他大概撐不了多久，」但陳爸看宏盛卻角度迥異：「他是打死不退的，一定辦得到。」

從書屋最資深卻最年幼的老師，一夕變成連鎖麵包舖的小學徒，就算不是從天堂墜落，其中的落差也夠宏盛瞧的了。一個閃神或步驟凸槌，整盤麵包立刻像咖啡色木炭般，嗆人的焦味漫天，這時，宏盛就知道這下事情大條囉！師傅與師兄免不了要念他幾句說：「你知道這樣損失有多大嗎？在別家麵包店你會很慘的！」

一天站八個半小時不打緊，最難熬的是，喜歡聊天的宏盛，現在是「只要有人跟我講講話都好」。盼到休假日，他早就盤算要跟著麵包舖司機的送貨路線，去瞧瞧自己每天烤的麵包送到桃園機場哈肯舖的分店究竟是什麼樣，也能在車上跟司機聊。「機場店好像都是機場員工買的。」不知是別人告訴他，還是他自己觀察的，心想：「難怪陳爸會說這小孩是生意仔！」

休假不用進公司，宏盛還是跑了一趟，「師傅的太太要生小孩，我媽那邊有做米酒，我去送米酒給師傅。」聽他講得雲淡風輕，可這豈是十八歲孩子通達的人情義理？他點了漢堡、薯條、飲料，坐定下來，唸說自己已連續兩天吃速食了，「台北什麼都好貴呀！」即使全台連鎖速食店都不二價，「以前我哪有這麼常吃？這裡隨便吃個飯都要兩、三百塊！」

第一次到台北工作，宏盛形容自己的眼睛都茫茫的，「先記住從家裡到公司要怎麼走，從捷運站到家裡要怎麼走，要記得回家的路。」他到的第二天，靠兩條腿走，偏遇驟雨。忘記帶傘的宏盛，拎著老闆娘給的床單淋得渾身溼透，趕緊上便利商店買把六十塊的傘，走著走著又迷路；他記得有個天橋要轉彎，偏偏在前一個天橋就轉彎了，走了一個多小時，心慌亂鑽還是找不到，「走得我好想哭喲！」

回答問題通常都是略略揚起眉尾簡單回說：「嗯啊！」不掩稚氣的臉上浮著幾顆小小青春痘，剛趕路，臉上還紅撲撲，宏盛說自己來到台北純屬意外。當書屋準備開始發展自家產業時，一直希望做社會回饋的哈肯舖副總經理、也是老闆娘的楊郁雯，加入書屋的後援會後，向陳爸提議可以送書屋孩子與夥伴赴台北學藝。

「學烘焙是陳爸給我一個機會。」宏盛猶深刻地記得，那是二〇一三年一月某個星期二，吃午飯時，陳爸突然坐到他對面問說：「書屋要派人去學做麵包，沒人要去，你去好不好？」十八歲的孩子連點了兩個頭，兩天後的星期四就搭上飛機，隻身赴台北面試，一經哈肯舖總經理黃銘誠確定錄用後，當日又搭火車返回台東。

結束農曆年間書屋孩子在初鹿牧場的擺攤後，年後二月二十日，宏盛從南王書屋年輕老師變成哈肯舖烘焙小學徒，「我從來沒想過會碰這塊，不過也沒關係。」很喜歡開車的他，原本想當送貨司機呢！

事實上，成績始終名列前茅的宏盛，高中畢業考上私立大學，但心疼母親的他寧可先工作，可幫母親分點扶養兩個妹妹的擔子，「我高中在書屋打工，陳爸朋友來聊天，我都坐旁邊聽，有些公司高層的人談到他們選人才時都不看學歷。」宏盛心底有些譜：「如果連文憑都不是拿得很好的話，倒不如先累積一些經驗。」他知道自己無論是讀書或工作，最在乎的陳爸都支持，「關鍵是我自己要想清楚。」

一度是書屋最年輕也最資深的夥伴，宏盛和書屋結緣時間頗早。

小學五年級前，建築師的父親帶著母親忙於營造事業；迄今，這樣的畫面常浮現在阿公、阿嬤帶大的宏盛腦海中——幼時天天透早起，阿公先載著他去吃早餐，再送去學校。升小五時，父母接孩子回去住，宏盛由建和國小轉到知本國小，搬家遠了，也暫別了建和的麻吉們——陳爸小兒子彥諦等好友——與書屋的日子。這兩個孩子國小一到四年級同班，成績也都名列前五名，小學三年級時宏盛常到彥諦家，並不知道有個書屋，「當時只記得有個大爸爸會陪我們打球。」

唸知本國小的宏盛結交了新朋友，這位新麻吉邀他去書屋，一進門居然看到彥諦也在裡面，訝異不已說：「你怎麼在這裡？」復又重新連結與建和書屋以及陳爸間的緣分。

坦承自己從小就與老師關係惡劣的宏盛，只服氣能把他教好的老師，像國小五、六年級老師很會教數學，讓他敬佩不已。國三從新生國中放牛班轉回知本，成績仍足以進資優班，但他對教學普普的老師不理不睬，一度還與老師起衝突到差點被記警告，「上課我都只讀我自己的，老師覺得我不尊重他，沒收我的課本，我氣死了，回罵他一句三字經。」警告被學校主任擋下來沒記成，理由是宏盛可能是少數能考上高中的孩子，校方怕留下汙點，影響學校的升學成績。

在宏盛心目中，對陳爸崇拜得五體投地。透過授業，陳爸讓愛好自然、地理、歷史、公民的宏盛成績突飛猛進，或許是讓這孩子服氣、開啟認同的第一把鑰匙。儘管宏盛功課通常是前段，「鄉下小學很容易拚，但都拚不到第一。我讀自修，小方向都讀熟了，發現都只能考八十分，」可是經過陳爸那一套教學法加持後，「他教的是大方向的，上完就可以進步到九十幾分。」

前後在書屋六年，宏盛上高中後，書屋開始急遽變化擴展，「都被其他小孩占領，」其他老師也陸續進來，陳爸偶爾教教數學，「但我們這群都是聽陳爸的。」儘管如此，宏盛還是老往書屋跑，「書屋變成我生活的一部分，沒去，就感覺好像怪怪的。」

天天往書屋跑，也惹來父親的嗔怒。國中時，宏盛的爸爸很反對他去書屋，認為兒子整天不回家，還叫別人爸爸，父親問過他兩次：「到底誰是你爸？」第一次宏盛不回答，第二次他回嘴說：「你覺得你像我爸嗎？」父親氣得跳腳，孩子則趕緊奪門逃出家。

父親認為兒子不尊重自己，兒子眼中的父親，則是莫名其妙地從正一百分變成負一百分，每天晚上都喝酒，頹廢到家。在一次父子間的激烈衝突下，導致宏盛在高中畢業前，就離家住進書屋宿舍，成為現任書屋社福督導秋蓉的室友。

父母的言語傷害，往往比身體傷害更殘酷難忘。

一晚，宏盛跟父親激烈爭吵，鄰居被吵到都要報警了。聊起這事，宏盛的情緒翻攪，呼吸略顯急促，彷彿昨天才發生的事。那夜，宏盛讀書讀到十點多，下樓喝水，父親莫名其妙大罵他廢物，加上動手，「平常叫我讀書，我已經讀到這麼晚，你還罵我，心裡的委屈都來了。」他速速打包行李，請一旁抽泣的母親送他到溫泉書屋秋蓉住處。從此後，宏盛就不曾回家住了。

宏盛父親握有甲種營造執照，由於厭倦跟人搏ㄋㄨㄚˊ（閩南語，打交道的意思）的日子，於是放棄做建築；也因為自己賺的錢被宏盛阿公花完，父親掀桌子玻璃全碎的畫面讓孩子永誌難忘，「我爸常常要跟我阿公打架，有一次還看到我爸踹我媽肚子，我氣炸了，恨自己不能保護媽媽。」宏盛總疼惜媽媽說：「爸爸這樣，你為什麼不帶著我們離家出走，電視劇不都是這樣演的？」媽媽一逕緩頰安慰宏盛說，「你爸也很為這個家。」

陳爸看在眼底，只對宏盛說：「再怎樣，你身體裡流的還是他的血，他永遠是你爸。」這孩子旅北後，父子見面機會更少，雙方正試圖修復彼此的關係，「最近他臉部有點小中風，我有回去看他，我想時間會修復這一切。」

夾在父子間的母親，每逢週六、日，會帶著兩個妹妹到溫泉書屋探望宏盛，煮東西給兒子補補。「來台北的前一天，直到晚上十點多，我還在寫初鹿的結案報告，媽就找些名目來書屋看我。」

與兩個妹妹手足情甚篤的宏盛，很享受做長兄的滋味。他偷偷透露，活潑的小妹前陣子交男朋友，送她回家時被宏盛看到，這位大哥哥把小妹抓來揉頭說：「怎麼都沒有告訴我！」他不吝把自己的經驗告訴她們，讓妹妹自己決定，「做決定是一件需要學習的事，學習抉擇之後就是要負責。」

對宏盛來說，踏出社會的前兩個工作都是陳爸促成的，那種「大爸爸情」深烙在這孩子心扉。

去年八月，書屋要拍一部影片，陳爸讓宏盛擔任製片，「整個月都耗在那邊，沒工作我很緊張。」九月影片殺青了，宏盛一心想去找工作，陳爸又說九月底在台北有一場演出，作為學過舞棍的美和書屋第一代孩子，他義不容辭挑起帶學弟妹的責任。結束表演的十月，宏盛心裡真的發慌了，「結果陳爸叫我留下來當南王書屋的老師。」

書屋的孩子很需要花時間認同陪伴的，坦承自己還是小孩的宏盛說：「做老師……其實我也不知道該做什麼。」他眼見書屋小孩會在南王書屋所在的教會裡追逐打架，「一副小流氓的樣子，我心想：『你們沒看過壞人呀？』」搞不定這場面的宏盛，就帶去給比較有經驗的另一位老師麗文處理，她可能會處罰孩子一個禮拜不能來書屋，「但他們就會偷偷跑來。」

初任南王書屋的陪伴者，宏盛被書屋督導王計潘（暱稱阿潘）賦予新任務：先教會孩子學校的數學跟英文功課。他很認同阿潘嚴格地帶領孩子。花了兩個月進入狀況，期間，還帶過三兄妹：一個四年級、一個六年級的兩兄弟，因為父母都不管，比較暴力的兩個哥哥老是欺負小二的妹妹，妹妹氣不過，還拿菜刀追哥哥。宏盛得知後暗自拍拍胸脯：「哇！好加在！原來她會拿刀追人！」

「小孩不願意讀書，我就放電影給他們看。」宏盛放了每一部宮崎駿的電影給孩子看，而且頗有同理心地絕不勉強孩子討論觀後心得，「以前我被問到心得就很痛苦，我相信，有什麼深刻的，他們都會記在心裡面。」

一邊陪伴孩子，一邊學，陳爸意在磨練這些書屋的大孩子。宏盛碰到問題，除了自己設法或問人外，也會換個角度想：「今天如果我是這些孩子，我會希望被人用什麼方法對待？」他和國中生較有共同話題，與這些小他不過幾歲的書屋學弟妹聊聊家庭背景、學校生活習慣，了解他們較感興趣且喜歡的事物等，「每天上課之前我都會跟他們聊一下，也請他們閉眼休息一下，先安靜心。」宏盛總會提早下課，跟孩子們聊天，「因為我們若經常有對話，就會建立一座橋樑，他們就會認同我，我也會認同他們，慢慢地互相敞開心扉，他們比較會把藏在心裡的話慢慢講出來。」

不過，還來不及把陳爸教的那套傳給書屋學弟妹，宏盛就被送到全然陌生的環境。現在，他最在意的是麵包烤黑、動作太慢，師兄會提點：「認真點！……清醒點！……」雖非言語上的辱罵，但宏盛也被教訓了，「我覺得這是本來就該說的，自己要進步。」

「早上三點多起床，如果沒睡醒，滿危險的。」他自己也發覺，如果他一整天都沒有出錯，師傅會跟他有說有笑的；如果當天一大早就出錯，整天氣氛就比較悶些。麵包要烤得完全上手得要半年，但有兩位師兄帶他，可能三、四個月就會上手了。現在每天烤壞的數量逐漸減少，偶爾難免還是會烤壞一、兩盤。問他喜不喜歡這工作，「我覺得要烤得好才會喜歡吧！如果過兩、三個月還是這樣子，我應該就會討厭了吧?!不過我想應該不會啦！」

「這工作應該沒有多少人撐得過來的，像我去第一天根本不知道自己在幹什麼，人家講什麼就做什麼，速度要跟得上，心裡面要承受得住，而且要久站八個半小時，體力上也是要跟得上。」忙的時候，午飯吃個半小時就要繼續站爐，「大家都說我變白了，因為根本沒有機會曬太陽。」

才不到兩個月，宏盛已能侃侃數說烤麵包的很多細節，初時他常糊里糊塗，例如沒蓋鐵盤，讓麵包烤出來因為太高而不能賣，「細節很多，有的要塗蛋汁、灑芝麻、灑粉、沾糖水、沾巧克力等，有時還要擠沙拉等。剛開始，我經常忘記，一直被罵，就算有記筆記，也來不及看。」

一個月後，他大致搞懂溫度，「一個麵包又有分上、下爐兩種溫度，左、右烘，麵包種類則有吐司類、法國類、日式洋果子類、丹麥類等，丹麥類要用燉的，不能直接烤，會過熱，他們說這叫過電，直火很容易燒焦。」

「我每天只有埋頭烤麵包，根本管不了那麼多。」本來就打算當完兵去學技術，結果被陳爸先丟到哈肯舖。很喜歡做生意的宏盛，看到這些麵包，可沒有想參加麵包比賽的野心，倒是心裡已開始盤算，哪個口味拿到台東會賣得比較好。

「將來學會，陳爸一定會把我抓回台東。」宏盛半玩笑說。他十分認同書屋未來朝產業方向發展，也許當他學成時，書屋所在的台東將會出現一家連鎖麵包店，「這是必然的結果，因為已經走到這地步了，出現自己的產品是必然的事，我們必須制定一套規則來。」

有一陣子，在協會辦公室常會看到冒出蕈菇的紙盒，被孩子叫作「阿娘」的書屋公關督導惠菁說：「我們還收割炒來吃好幾次呢！」原來這是宏盛赴台北之前留下的「紀念品」。在遊客如織的農曆年間，陳爸想藉此讓書屋孩子到初鹿牧場初體驗做生意；書屋還沒休息前，愛賣東西的宏盛就開始籌備要賣的貨了，七找八找，找到親戚在賣一種紙盒菇，於是就批來賣。

擺攤期間，每天早晨宏盛騎摩托車去載顧攤夥伴。第一天媽媽跟妹妹幫他站攤，銷售成績不佳，只賣出八個，他心情極惡劣，頻頻反省思考，自己到底哪一個環節不對。第二天，振作點，還是賣八個；第三天、第四天，開賣數量開始增加，「我開始變得比較會講了。」結算總共賣了一百三十幾個，剩下的，書屋認養三十幾個。「我進了兩百個，存款剛好剩一萬塊，我全部花完。」成本全由宏盛獨自出資，每天花十幾個小時、陪他八天的夥伴，他給了六千元，「薪水好像只有我付最多，其他攤位都一、兩千塊。」他開心地說，「這樣的經驗還滿刺激的。」

「當書屋老師的經驗對我還是很有幫助的，畢竟這是我出社會第一份有薪水的工作。」但在書屋裡，大家還是把宏盛當小孩，「受到太多保護，我正打算到別的地方，陳爸就把我丟到這裡。陳爸大概覺得我們有待訓練，不夠成熟到可以接受太多衝擊。」

講起到台北的第一個月，「對我的衝擊是很強烈的，現在想到，我現在還會心跳加快！」跟他原先設想的差距甚大，他原以為來這裡只是平平淡淡的學點東西，時間到就走，「後來發現有太多東西需要學，跟師傅的應對進退、講話等，都很有進步的空間。」宏盛想像師傅應該會把他當一條狗來訓練，豈知師傅對他很客氣，讓他不太習慣。三十七歲的師傅沒把他當作小孩看，而是和三十五歲、三十三歲的兩位師兄般培養，唯有在休息吃飯時閒聊，師傅才想到，原來這孩子才十八歲！

最近麵包烤得比較上軌道，終於被師傅當自己人，而不是客客氣氣的外人，宏盛有著掩不住的小小喜悅。

旅北的前一天，宏盛到晚上十點多仍在寫初鹿結案報告時，回想在書屋的收穫，宏盛說自己學到最多的是「面對」和「負責」：「這兩件事很重要。」「陳爸天生就有一種說不出的磁場，吸引我們崇拜他。」秋蓉總說，他對陳爸簡直是盲目崇拜，宏盛都會回說：「對，我就是崇拜他！」陳爸跟自己的兩個小孩，也像朋友也像父親，在每個孩子心目中，必定都希望有一個這樣的父親吧！

超級麻煩人物

玉念

二十歲出頭，芳華正茂，有的人正享受青春歲月，有的人則歷盡滄桑。如果沒有遇見陳爸，玉念可能早把自己拋在社會的隱晦角落去了。

九年前，在學校被貼上「麻煩人物」標籤的玉念，任何壞事發生，校方都覺得跟她有關，但她以超叛逆之姿，回擊所有加在身上的莫須有。

於是，她不愛聽課，上課就趴在桌上睡覺，打打鬧鬧；若不爽哪個老師，毫不猶豫地直接頂嘴；蹺課是平常事，學校對她來說就是一口苦井。

直到國二那年，同班的死黨彥翰的父親——陳爸來社團教吉他，玉念居然一改常態，認真到從未缺席過。

一個禮拜一次的吉他課，進而吸引了玉念來到建和陳爸家，當時書屋還沒成型，陳爸在院落裡教孩子們彈吉他，「那時候，覺得學吉他很酷，陳爸又很好很幽默，不會因為你是壞學生，就不理你。」從學吉他當中挖掘了自己的優點，知道自己不是一無是處、很沒有出息的小孩，算是她頭一次的自我發現。

妹妹比起玉念也不遑多讓，常常蹺課，被記的過比她還要多，爸媽對這兩姊妹完全沒輒。「陳爸可以讓我找到自己以及我想要的關心跟照顧。就算只是陪在我旁邊做我想做的事，我家人都沒有辦法給。」

但陳爸可以。這些被學校與家庭視為「黑羊」的孩子覺得好酷，覺得他才是一個爸爸，「我可以不要聽任何人講的話，但是他的話我一定會聽。」

陳爸家的老大彥翰很會讀書，但從不死讀書，很會抓重點，考試都名列前茅。或許是父親的以身作則，彥翰也完全不會看不起玉念這樣的小孩，國中三年都氣味相投地玩在一起。

玉念在學校不想聽課，回家也不知道怎麼複習，因為一踏進家門就一堆大人在喝酒，小孩怎會有想要複習功課的念頭？家裡沒有讀書的環境，又不受肯定；在學校也是被老師不斷地指責，玉念開始往建和跑。

國三時，老師在模擬考前羞辱玉念，並批評原住民。族人也被牽連讓她實在氣不過，跟老師對嗆後，她發憤圖強，考進了A段班。那一年玉念發現，原來自己也可以很優，開始用心讀書，還跑到姑姑家住，也不再去彈吉他，直到升上台東高職，「可能是叛逆期過了，高中三年都很乖。」

玉念國中時期有四個童黨──兩名男生、兩名女生，彼此友誼甚篤，都愛往陳爸家跑，陳爸也把這幾個孩子視為乾女兒與乾兒子。高中畢業那年，玉念參加國中同學會時，彥翰對他們說，「爸爸說你們都不回去看他，很久了，該回去看他了吧！」

幾個孩子近鄉情怯地回來看陳爸，聊著聊著，玉念過去那種被他溫暖陪伴的感覺又回來了。陳爸張開雙臂邀請這幾個孩子說：「如果以後沒有工作，或是不知道要做什麼，就來吧！」他強調說會很辛苦，因為他會要求很嚴格。

由於高中期間被迫整整乖了三年，學校一畢業，玉念如脫下緊箍咒般，跟朋友瞎找工作：房務、餐廳，甚至去顧卡拉OK店等，工作、生活既亂又複雜，每晚狂喝酒加熬夜。或許是陳爸早對玉念那段時間的荒唐生活有所耳聞，不願見這自己帶過一段時間的女孩走岔路，陳爸把她拉進來書屋。

從沒想過自己會再回來的玉念，剛到時，先做雜事。當時工作人員都還沒領薪水，陳爸知道玉念家的狀況，她需要錢過生活，於是開特例給這女孩月薪一萬二。由於第一個月是月中進書屋，「我第一個月領到八千塊，領得很心虛，覺得我沒有做什麼，還可以領薪水。」

隔了兩、三個月，工作人員開始有薪給，玉念被調成最低薪資一七二八〇元，陳爸還特別請人教她電腦，負責電腦維修及些許雜事，也跟著秋蓉老師等人一起接受師訓。但玉念一點都不喜歡當老師，三年來，從不曾擔任過書屋老師。

書屋組織愈來愈有規模，照顧三百多個孩子的花費龐鉅，陳爸常常要奔走台北、台東間募款，玉念想：「他要看人家臉色，每次看他從台北回來都很累，我能為陳爸做些什麼？」

心底很想幫忙，卻覺得自己無能為力，好像唯一可以幫陳爸的，就是顧好自己分內的事，「陳爸這樣每次出去，雖然他回來都一臉輕鬆，卻還是看得出來他很落寞。」募不到款，或是有時有些人會挑戰陳爸的耐心，「他何必為其他父母的不負責任，挑起這些爛攤子？」不願見陳爸被刁，不忍見有人咄咄逼人抨擊陳爸說：「有學校這種東西，你幹嘛還要搞什麼書屋？」

為了讓書屋未來不必完全仰賴募款，陳爸開始計畫做產業，日後一部分經費將得以自給自足；但這計畫落實前，要先有社區支持型的友善農業，才能談下一步。由於摒棄化肥農藥的友善農耕，得要先學會做堆肥，於是陳爸公開徵求夥伴，去台北三芝劉力學的有機農場學習，並表示，如果堆肥做成功之後可以銷售，就有錢回饋給書屋。

「這工作會很累很臭，」陳爸毫不隱瞞地告知夥伴們，大家面面相覷，無言以對，沒人想去。

「坦白講，到現在我還是會很盲目，我在書屋到底可以做什麼？」玉念對總務毫無興趣，她聽陳爸的農業計畫，遂起心動念，「我應該可以學習一樣東西，當作是回饋陳爸。」為了報答知遇之恩，玉念決定跳進這坑裡，自告奮勇跟陳爸說：「我來做！」

要北上學做堆肥那天，像送女兒離鄉似地，陳爸親自送玉念去三芝。原本說好一起從台東出發，陳爸卻臨時得在前一、兩天先上台北開會，玉念隻身搭火車北上與他會合。這中年硬漢宛如捨不得女兒的爸爸，差點落淚，直說好像把自己的小孩送去軍隊那種感覺。陳爸即將離開三芝回台東時，緊緊抱住玉念，「我被他抱住時，也快哭了。」

原本只是想回饋書屋去學農業，玉念投入學習時也發現自己有興趣，「一個人家不要的東西把它變成很好的東西，我覺得這個過程很酷。」

可惜，應該是三個月的堆肥學習之旅，玉念卻耐不住，中間跑回台東，前後只學了兩個多月；一返回書屋，馬上接下堆肥製作與芭樂園管理兩份工作。她有點懊惱地說，最近開始遇到瓶頸了，「可能是在調配過程中，要很謹慎吧！」做成功的漚肥，水是香的；做不成功，就會發臭，讓她很沮喪。

然而，一套學程打折扣沒貫徹到底，遇到問題勢所難免會不明究裡，陳爸冷眼看，相信這也是給玉念一個機會教育。但她卻認為，問題出在現在做的跟在三芝那邊學的不一樣，很多事情才會出現瓶頸，得靠自已摸索找答案。而且又被意外交付了一個管芭樂園的工作，跟堆肥相去頗遠，「現在頭腦就有點混亂。」

管理芭樂園的活兒，得修枝、套袋，還要照顧，若盼到結果了，「會很有成就感，就像我把其中兩桶漚肥做成功之後，我超爽的！」說到這，玉念忍不住呵呵笑起來。

剛接芭樂園不久，因為之前已經採收過了，得要評估下一次的產量，只要有一點點病蟲害，都必須剪掉，以防擴散，「一棵樹平均最好是保持結十五到三十顆芭樂，這樣才可以保有甜度，所以剪掉多餘的，讓肥料集中在一定數量上。」這些原來不懂的訣

竅，透過摸索找到答案，「什麼都自己來！如果真的學會的話，我就全方位了！」

不過，雖然已轉農業組，偶爾仍不免要幫總務搬東西，或被叫去維修組裝電腦，玉念就小有微詞，「我都覺得我全方位了，天啊！很多雜事！」

陳爸很願意給機會，但小孩要自己會想。

她坦言說，確實曾有兩度想要放棄。玉念看到同輩朋友們，多半做服務業，端端盤子等；或是在工廠作業線超時工作，拿健康換薪水。薪資都高過於她，一度也讓她很不平衡。直到現在，她發現那些工作很難累積一技之長，「只要隨時有一個人比你認真、勤快點，你就會被淘汰，那種工作太容易被人家取代了。」玉念想要轉做農業，除了心存回饋外，她也不想做缺乏技術、別人很容易取代的工作，「我還滿慶幸來這裡，學到很多從沒有想過我會的東西。」

儘管到現在還在摸索，玉念不曾後悔來這裡。一度礙於家境，當父親直腸癌末期倒下去的那一刻，身為長女的她必須要扛起家計來，「我很想待在這裡，可是這裡的薪水不允許我待在這裡，心裡很矛盾。」擺盪在跳槽與留下之間，她終於想通了，寧願辛苦一點去找第二份工作，「我還是想在這裡，因為這裡有家的感覺，然後大家都互相扶持。」她比誰都清楚，難得有一個這麼好的工作環境，為點錢放棄未必值得。

父親會得直腸癌，或許跟他長期嗜飲杯中物有關。玉念曾出過車禍住院，父親一來醫院探視她，發現居然有保險理賠，二話不說想領了這些錢，趕緊買酒喝，完全把女兒的傷勢拋在腦後。書屋夥伴聞訊都火冒三丈，「怎麼有這樣的爸爸？」

還好玉念本性是好憐憫的孩子，放下父親的不是，她想多賺點錢醫治父親的病，犧牲假日去打工。儘管協會規定，正職人員不能兼差，陳爸也願意幫她，「可是你們一直幫我，能幫到什麼時候？倒不如用自己的勞力去賺另一份薪水。」玉念的狀況實屬情非得已，陳爸也明瞭；雖不贊同她去打工，擔憂她會太累，沒法專心工作，對身體也不好，但也只得睜隻眼閉隻眼，讓她能在休息期間賺點錢，至少不會影響工作。

國中時期同屬叛逆的同學，有些變好，當護士或當軍人；有些至今還在混，工作一個換過一個；也有些人則當了媽。「我覺得好慶幸，好加在！青春期時，碰到了陳爸陪伴我走過叛逆期。」

也因此，玉念認為書屋存在的價值是無價的，「可能有些人會想要做善事，但他就是捐個錢，只是給錢，並不能帶領孩子走向正路。這陪伴過程真的很重要！」

她說：「講比較難聽一點就是，『我跟你是什麼關係，我為什麼要這樣對你付出？我為什麼要免費提供你吃、帶你出去玩、提供你這些免費的服務？』」可是，在書屋裡的大人們就是願意這樣付出，哪怕自己再辛苦，還是願意無怨無悔地陪伴這些孩子，「書屋並不直接給孩子錢，而是陪著你，做你想做的事情，幫你找回信心，我覺得那才是真的！」

部分書屋孩子來自不健全的家庭，他們的行為、言語比過去的玉念還要難馴，從這些孩子身上映照出以前的自己，「還好有書屋這個地方，至少有人可以照顧他們、保護他們；甚至在所有人都唾棄他們，或沒人要管他們的時候，還有一個書屋可以來。」

回憶自己年幼蹺家時，還沒成立書屋，「其實我也不知道去哪裡，到處晃晃。我不是沒有家可以回去，我很想回家，可是家裡的環境就是讓我害怕！」她衷心感念書屋讓這些被唾棄的小孩有地方可以去，「很幸運，他不想回家，還有第二個選擇——他可以來書屋。」「書屋真是一個不能用價錢來計算的組織呀！」

非常喜歡室內設計的玉念，剛進書屋時，也計畫過回去唸書，拿出高中課本準備考大學，想完成做一個室內設計師的心願；但父親癌末病倒了，她也不得不放棄夢想。現在做堆肥，又要管芭樂園，碰到粉介殼蟲、果蠅、螞蟻、長腳蜘蛛等病蟲害，都得請教別人，她心底盤算要進修農業相關課程，「學一個類似病蟲害學吧！這樣我才知道要怎麼對付我的芭樂蟲啊！別人也不一定每次都有時間教你。」

秉性樂觀，玉念很容易跟人混熟，但也因為過度樂觀，容易忽略很多東西，如果遇上心思複雜或比較刁鑽的人，她相信自己會很辛苦，或是很受傷。但陳爸創造了一個比較像家的溫暖環境，不僅庇護了孩子，也使在其中工作的每個人備感踏實。問玉念在其中是否有「被保護」的感覺，她想了想說：「本來是沒這種感覺，可是經你這樣一講，好像有一點點，應該算是在培育這裡的每一個人吧！」

書屋組織讓每個人都有機會發現自己。任何人應徵進來的職務一旦不適應，陳爸總會設法找一個職位讓他試試看，可以說是「因人設事」的組織，「陳爸培育每個人，等到你覺得自己有一定的能力、可以自立自足時，他會放你飛。」

玉念寫下她在書屋的感言：「剛進協會的日子很不習慣早起，常到中午才上班，甚至因前晚喝多就掰一堆理由來請假。一年過去了，在這段期間，其實陳爸都知道，卻還一直給我機會去改變、去學習，甚至帶我去挑戰自己。正因他對我的包容、關心、期望，遠遠超過我的家人，所以被感動了！此刻下定決心要改變！不願讓他這麼忙了還在掛念著我學習得如何?!」

問起她自認在陳爸身上學到什麼？「責任跟勇氣，面對事情的勇氣與堅持的決心。還有，遇到困難就去解決，沒有解決不了的問題，也不要逃避！」

從茫然到摸索，從放縱到負責，陳爸不會想把玉念拴在身邊，而是期盼她闖出自己的人生，該飛的時候，陳爸一定會放手讓她跌跌撞撞吧！

揮別滿嘴髒話的音樂精靈

逸文

「逸文以前跟現在差超多的，他曾經是個滿嘴髒話的傢伙！」宏盛還印象非常鮮明地記得，第一次碰到逸文的時候，「當時我心想：絕對不會把這種人當朋友！」

國一開學的第一天，宏盛放學到書屋，「他們說今天來了一個傢伙，一進去就看到逸文在那邊跳來跳去，忍不住跑去問說：『你怎麼在這裡？』」這兩位少年人雖不是「不打不相識」，卻從來不可能是同掛的。因為書屋成了彼此相互接納的同儕，更在高中畢業後，不約而同選擇暫時不升學，同時被指派為書屋的老師。

常綳著一張瘦削的臉，逸文長相看似極酷，「他內心的衝擊可能比較強，沒有建立溝通管道。」宏盛這樣看逸文。

曾有同父異母、年紀相差近一輪的哥哥姊姊，逸文國小一到四年級住在奶奶家，父母忙事業，「我大部分住在奶奶家，久久才與爸媽見一次面，奶奶家的哥哥、姊姊對我都還滿好的。」

國小四年級結束那年，是逸文鎖上心房的開始。十一歲的孩子沒有選擇自己命運的機會，父親猝逝，母親娘家要求新寡的女兒回台東餐廳幫忙做生意，逸文從備受疼愛的老么，變成常因故被大人責罵的失怙兒。

女人不僅要熬煉懷胎生產所受的苦，母親與孩子間宛如有一條鎖鏈，彼此綁在一起，一輩子難解，孩子受的苦往往讓母親自責。現任書屋公關督導惠菁，一談到逸文這親生兒子常欲言又止，口氣與眼神隱約有些許懊悔，「他小時候很活潑、可愛，很愛講話，很黏我們。」惠菁說，「從奶奶家回來，一直到他國小畢業這兩年，就慢慢地變啦！」

餐廳這種生意場所不免杯盤狼藉，每天放學，逸文被要求掃地，常掃不到一半，就會被阿姨責備說：「叫你掃個地這樣不頂真！」一再被長輩責罵，又不能回嘴，一離開大人視線，滿嘴髒話就成了他宣洩怨怒的出口。

隨著成長，逸文與大人間愈來愈疏離，卻愈來愈渴望同伴，每到安親班，就是找人玩、找人聊。「人家是邊講還可以邊做功課，做完都回去了，只剩他在那邊『嗄，怎麼都走了，我功課都還沒寫耶！』」當時的惠菁一如只在意成績的多數家長，發現兒子本來幾乎科科都考一百分的成績日益退步，著急孩子的成績不好，於是趕緊送去補習。

娘家的餐廳需人孔急，惠菁無暇多管逸文，就由工讀生帶他去補習，時間到了去接回來。忙於照顧生意的惠菁身心俱疲，也無暇跟孩子溝通；補習並沒有提升逸文的成績，他也不願意去，加上惠菁一開口就是責備他。逐漸地，逸文完全關起與大人間的門，母子間愈來愈沒話說，「任何人要跟他講什麼，他都拒絕。」

「他就是不想待在家裡啊！」看出兒子渴求同伴的熱情，不只想讓兒子功課好起來、也想讓他高興的惠菁，得識在建和陪伴孩子的陳爸，這或許是一條路。「我帶他出去走一走，他都很開心。」惠菁又怕搞砸了，煞費苦心地先帶兒子去找一位被陳爸陪伴的同學玩，才輾轉帶去書屋，來去幾次，讓逸文感覺好像是去找人玩。

「我印象很深刻的是，他第一次看到陳爸，並沒有表現出拒絕或排斥的意思。母子嘛！我一定會知道他喜不喜歡。」對兒子已六神無主的惠菁形容當時的心情：「我就覺得那已經是荒漠裡面的甘泉了。」

回憶那段時光，不願承認年幼時受過多少心靈傷害的逸文，淡漠地表示：「有一段時間，因為我會懶惰，就不想回家，不喜歡回家，想要住別的地方。」唸知本國中時，逸文跟陳爸家的老二彥諦一起住、一起睡，偌大的房子等於是兩個青春期男孩的天下，陳爸也不干涉他們，逸文終於自在了。

但逸文成了把心事收起來的孩子。

國中階段，逸文壓根不想讀書，「他們都說我不是不能唸，說我頭腦很聰明，卻不認真；我就說我頭腦聰明，可能不是用來讀書的。」

讀書對逸文來說，很容易應付，但學校的教育讓他打從心底就不以為然。高中考進台東商校，「考上國立的就讀，我去學校大部分都是拓展人際關係而已，學校是我的交友場所。」

不想升學，逸文對學校自有一套自己的認知，「別人的升學壓力跟我的升學壓力不一樣，他們的升學壓力是怕考不到好學校，我的升學壓力是怕有學校唸，因為我不想讀，不喜歡，不想唸書，我覺得那對我來說是一種壓力，我很不喜歡承受這種壓力。」

剖析自己不是那種會照著教育體系的模子走，逸文從不想為別人而活，「你說我擺爛也好，我不是那種因為你對我有期待、我就會努力做的人，我不會努力達成你要的期待，因為我覺得沒必要因為想要讓你開心，我就取悅你；我為什麼非得要讓你開心？我自己開心比較重要。」逸文坦白說：「如果哪一天我達成了長輩的期待，可能只是順便達成，可能我做的事也剛好達到你想要的，我就順便達成。我又不是供應商，為什麼要供應你的需求？」

不願為別人捨棄自己的夢想，他不介意被說成不踏實，比較夢幻。不想升學，但選擇音樂，「我覺得別人看起來這條路很辛苦，但我開心。你又不是我，難道你要來走我的路，或我走你的路？你不能走我的路，我也不能走你的路。」

口氣不掩狂狷，但聊起做音樂，逸文態度即刻變謙虛起來，「在音樂上，不管是誰，只要比我厲害，都是我的老師。現在我只是在學習階段，很多東西都要一直學。」

國中階段，不想上學的逸文發現自己很喜歡音樂，起初想學打鼓，「可是打鼓需要環境，沒有環境，沒有器具，還是想找個音樂的東西來學。」看到書屋的大哥哥、大姐姐多半會彈吉他唱歌，他也想練，彥諦開始先教他一些基礎和弦，「別人在讀書的時間我不想讀書，就來練吉他，一直練，練出興趣來，可能也不排斥，就喜歡上了。」

陳爸看出逸文的音樂天賦，相信這應該就是他命中註定，偶爾也會親手調教他。

此後，音樂完全暖了逸文的肺腑，化了高築的心牆。一上台，他忘我地全神投入，「我比較喜歡有自己的舞台。有的人喜歡在後面默默付出，可是我不是喜歡默默付出。」他喜歡在舞台上被看見，作曲作詞，更讓逸文療癒難以與外人道的心傷，單調的世界頓時璀燦起來。

「當我獨自走在擁擠的街上，未來的路讓我顯得渺茫，手裡的熱湯凝聚多少力量，讓我忘記悲傷，揹起夢想，以為能夠習慣和孤單對望，卻在掛上電話的那一秒鐘，淚眼潸然。才發現原來我沒那麼堅強，才發現原來我需要個家。需要它來給我力量，當我走累了感到徬徨，總有那麼一個小小的天堂，替我療傷。」

這首《家》是他和書屋夥伴林維玉、阿薩夫共同填的詞，曲則是逸文一手譜的。喜歡唱歌的他在台上邊彈吉他邊演唱，只是眼神很少與觀眾接觸。

二〇一二年高中畢業，逸文卻懶得去學校拿證書，也不想升學，準備去餐廳打工。等待兵單的他，被陳爸留下在書屋的音樂相關部門工作。同年，書屋舉辦一場台北感恩音樂會，逸文在台上展現出另一個他，發光發熱令人刮目相看，聲音磁性十足又婉轉觸動人心，與平日的酷樣判若兩人，「我不擅長用嘴巴表達。唱與講對我來說不一樣，我沒辦法用講的表達我的情感，但我可以藉由唱歌表達自己的情感。我覺得表演可以讓別人看到不一樣的自己，有不一樣的自信吧！」

音樂會圓滿達陣，一心只愛唱歌、彈吉他，逸文以為自己會繼續做音樂相關工作。豈料送走龍年的二月，逸文被指派去美和書屋當老師，負責帶國小三、四年級孩子。

現在，他的臉上線條更緊繃了，一種全世界都跟他過意不去的憤慨，常不自覺顯露出來。

「我一直覺得老師是一個最討人厭的角色，大部分的學生都不喜歡老師。」逸文判斷老師的標準，認為教學好壞倒是其次，「老師成不成功，應該還是要知道怎麼做人。很多老師不會做人，一進到教室站上台階，就讓你感受到尊卑，他高高在上，好像你們下面這些人都得任他宰割。」

高中時，逸文認為自己遇到一個好老師，「應該沒有學生討厭他，沒有學生討厭的老師，難道不成功嗎？」這位國文老師教的是他唯一不會趴下來猛睡的課，「我什麼課都可以睡，比如說，一天有八節課，七節課都是別的課，第八節是國文課，我可以睡到第七節，第八節起來上課。」

一學期睡過一學期，到後來，老師只能說：「你不要影響別人就好。」課本也完全不

做筆記，「一學期結束之後還可以退回去換錢。」

對於講課不靈光的老師，逸文不留情地說：「就是誤人子弟，考試考的不外乎就課本，我自己看課本就可以考得很好，為什麼我要聽你講？」

不甘不願就被陳爸安排去當老師，因為是工作，只能接受。

「一些人跟我說過：如果你在這邊不能做音樂，難道出去就可以做音樂嗎？我說，我在這邊當老師，至少我去餐廳上班就不用當老師。」

「當老師，大部分都是付出給別人，很少自己會得到什麼收穫。像我教吉他，也是教學生，可是自己有什麼收穫？好像也沒有。可能學生會了，我很開心，但收穫就是很開心而已，沒有其他比較實際的收穫。」逸文毫不掩飾對當老師這工作的厭惡，「我連高中畢業證書都沒有拿到，請問我能教什麼？現在你叫我當老師、教學生，我很不能理解，他們到底要叫我教什麼東西呀！我很憤怒也很無奈！」

喜歡老師和學生之間的相處像朋友一樣，「朋友跟朋友之間也不可以沒有分寸。跟孩子的互動還是要有節制，太頻繁或太好的話，就會造成小孩子對你沒大沒小。」被指派當老師，逸文最不能忍受的是，「小孩子多少都會調皮搗蛋，但調皮搗蛋跟沒大沒小不能劃上等號，如果是沒大沒小，可能反應他的家教不好。」只要孩子踰越分際，逸文就會立即變臉。

事實上，逸文被安排當書屋老師是陳爸的意思，陳爸很知道逸文與多數老師的對立態度，將會是他學習事物的罩門，「如果你不能化解對老師的不滿，學東西很容易碰到過不去的瓶頸，就無法深入學習。」陳爸說，他希望逸文自己當過老師後，對這角色有不同的體認，以後不管學任何東西都將遊刃有餘。

赴台北麵包舖當學徒的宏盛看這位同儕：「我跟逸文兩個人都很討厭老師，可是陳爸交代下來就先做做看囉！逸文有一顆熱愛音樂的心，除了音樂，還有很多別的東西要學，最近他可能有點體認，認同以後他就能夠想辦法慢慢接受。」

過來人的叨念，對逸文而言必定是馬耳東風，真是如人飲水，點滴在心頭。

生命是苦修道場，不管你想修練與否，呱呱墮地後，就得以肉身操練，或苦或澀，或喜或悲，或甜或酸，很多時候身不由己。逸文不想不由自己，也不願滿足別人的期望，但生命有些課題，跳過不修，往往會在無法預知的時刻，蹦回面前讓你重修。哪一天，逸文若能以「老師」的眼光看世界、看想做的事，可能許多事將不再是一種「阻礙」了。

怎樣也要完成徒步環島

阿達

甫退伍，隻身徒步環島二十三天後，阿達回到台東溫泉老家。聽他敘述起，在途中身處田野，赫然發現天地間只有他一人的寂寥情景，不由得想起明代旅行家徐霞客，遊雁蕩山時所寫下的：「諸峰朵朵，僅露一頂，日光映之，如冰壺瑤界，不辨海陸……谷幽境絕，惟聞水聲潺潺，莫辨何地。」

黑黑壯壯的，笑起來陽光漾滿年輕的臉龐，阿達是書屋的「回鍋新鮮人」，大家都說他是「書屋最老的小孩子」。從他的口頭禪——「滿妙的」，可以看出這是一位態度積極正向的少年人。

阿達是書屋孩子中的「異數」——家庭健全，沒啥大問題，唯一的死角就是功課，偶爾會因為成績有點小苦惱。然而喜愛路跑讓他發現自己的恩賜，一路穩穩上了台東大學體育系。

阿達是學校田徑隊隊員，比陳爸長子彥翰大一屆，唸國中時，田徑隊學弟不少人在陳爸陪伴下健身，阿達也被拉去，晚上跟陳爸、學弟們一起運動。那段日子裡，常聽陳爸聊起，想設立一個照顧弱勢孩子的中心。

進入東大，阿達每年暑假或打工或玩樂，但始終和彥翰保持聯絡。大三升大四暑假，知道陳爸已正式成立書屋，心想，自己不能只是為錢或是為玩樂，再浪費兩個月的長假了，阿達自忖能否為台東的小孩子做什麼事，「畢竟我是在這邊長大的。」阿達打電話給陳爸，表示是否有他可以幫忙的，「我才會到這個協會。」

主修教程的阿達，畢業後雖然未考到教師證，但台東地區一直缺乏代課師資，他的同學中擔任代課老師不乏其人，若長期代課下去，也可以月領三、四萬。但阿達有自己的想法，他認為，「代課跟正式老師仍有差別，學生在看也有差別。」代課老師常常在學期中去接課程，「老師本身也是一個『環境』，學生常常要迎接一個新的教學環境，會有學習一直中斷的感覺。」阿達衡量與其去擔任代課老師，不如回協會協助陳爸。

常赴外地參加馬拉松比賽，阿達看到，許多都會孩子為了考試，補習風氣盛行，「每個孩子都被外在環境牽著走，卻不能改變環境，」阿達捫心自問：「為什麼我自己沒有辦法去改變環境？所以我想說，如果在台東，或許可以把由外在環境來影響我，扭轉成我去改變外在環境。」

徒步環島，是阿達試著以一種行動來挑戰自己，也意外影響了其他人，甚至重新內觀自己。

當兵之前，阿達參加過跑步環台的活動，「頭幾天我跟著跑，但後面就受不了。我想說用走的也要走完，用走路反而視野不一樣。所以我覺得，很多事情就像挑戰一樣，你用不同的速度，其實會看到不同的風景吧！」

擅長跑馬拉松，常被朋友認為有點「阿達」的他退伍後，決定自己一個人以雙腳踏遍台灣。他戴起大學時表演用的爆炸頭開始走，一路上，舉凡他認識的人，也都一定要戴上那頂爆炸頭，跟他合拍一張照片，再上傳臉書，在他的 KUSO 徒步環島日誌添上一筆。

「我覺得台灣人真的很有人情味。」在南迴往台東走那段，至少有二十輛車突然停在路間，問說要不要載一程，「像我在花蓮和玉里，兩個地方都是：走到一座橋上，突然有一輛車停在前面，走過去，開車的就問我要不要搭便車。」有一回，阿達正舉著手機打卡，也有一輛車停在前面，「我想說那是誰？那輛車一直朝著我倒退，才發現那是東大學姊的車！」

東大學生多半是從外縣市去就讀的，所以各個地方都有該校學生；阿達沿途走，沿途都有同學、學長送各種資源接應他。在這徒步行程中，更讓他對台灣有全新的體認：「我覺得台灣人其實沒有那麼吝嗇，」他走到屏東那一帶，正值蓮霧盛產季節，一位農夫叫他：「少年仔！天氣很熱，進來吃蓮霧！」還免費送阿達一堆蓮霧路上吃，「我就覺得，怎麼那麼好！」

文化體驗也讓阿達有一番不同的感受。走到大甲時，差不多是大甲媽要起來遶境的時候，他親炙其間。也參與過部分遊行活動，還常遇到熱心人會指點他說，哪裡有座廟很靈驗。

在一些人跡罕見的路上，「你會遇到對面走過來的，發現那也是在徒步環島的人。」這趟環島，阿達遇到四個徒步行者，其中遇到一個是揹著媽祖像，「好像是媽祖指示他要走台灣一圈，然後他就真的揹著媽祖像走台灣一圈。」阿達遇到那人時，「他還滿胖的，但他最後上了報，走回到家時已經瘦二十公斤了。」

從二〇一三年二月十四日到三月七日期間，整整二十三天，阿達跟著活動從台北出發，有些站他走了十幾公里，中間有一段是在知本，「我從知本回家真的會比較鬆懈，所以就回家了，休息一下然後再繼續走。」

至於每天的打尖處，更是無奇不有，以玉里一座教堂的住宿經驗，讓阿達最難忘。

許多精神重症病患被安置在玉里療養院前，未必會直接送醫院，可能有一些中繼站，或許是送到幾座天主教堂，「我剛好到其中一座天主教堂，先捐獻，然後跟幾個剛送進去的病患一起住。」當晚，阿達與這些精神病患聊天，愈聊卻愈覺得話題不太對勁，「我就拿著背包衝下樓跟神父說：『神父，我可能沒有辦法住這！』」

這趟環島，阿達都盡量避免花錢找地方睡。走在上南迴路的點，沒有路燈、伸手不見五指，夜半幾無人蹤，他等待黎明到來，先趴在一家便利超商的生菜沙拉冰箱前睡著，「我就睡在角落嘛，半夜被冷醒。」

在台灣西部，阿達幾乎都借住同學家，「例如我還一邊在想，到桃園要住哪裡？桃園有位同學就打電話來問：『阿達，你差不多要走到桃園了嘛，來住我家。』就解決了在桃園的住宿處。」還碰過同學指錯路，「走路的速度也不可能很快，但那個路愈走愈奇怪。」逼不得已只好叫同學出來載他。

自認個性很容易跟人家溝通的阿達，兩腳行走台灣，結了許多善緣，是一次充滿種種意外的奇妙體驗。

飲食方面，阿達打定要嘗遍台灣各地特色飲食，完全不吃便利超商或麥當勞之類的連鎖速食，而是找各地方特色小吃，「這樣吃才比較有意義。我到雲林、大湖，買草莓來吃，那邊的草莓真的很棒！」

一路還認識許多新朋友，有走路的、有騎腳踏車的，「還有騎摩托車的跟我拍照，他問說：『你用走的呀？』我回說：『是的！』他也嚇一跳，說我們騎摩托車真的太弱了。」但心懷開放的阿達認為，只是方式不一樣而已，「我覺得騎摩托車也有騎摩托車的好，要看你以什麼目的去走。」

最恐怖的是從北宜公路的九彎十八拐走下來，「到後面我真的受不了，一直抽筋。」走在蘇花公路上，也是車流步步逼人，他回想，覺得其實滿驚險的，「但我發現用走的比騎腳踏車安全，因為騎車背後看不到，很危險。」

到屏東時，陳爸來電問阿達走到哪裡，兩人相約花了一天並肩邊走邊聊，從屏東走到高雄，「還討論起我腳上的水泡來。」

這二十三天幾乎很少下雨，按理說走起來較輕鬆，但阿達一開始也曾在心底打過退堂鼓。

當他踽踽行走東部田間，由於人煙聚落都有一段距離，「中間就只有田跟我，我看著天，就想放棄了。真的，周圍沒人，我覺得那時候只有『我』的感覺。」阿達用手機拍了一些心裡的話，「我一方面認為自己在折磨自己；另一方面會激勵自己，走這一趟到底是為了獲得什麼？」說到這，阿達的雙眼爍爍發光，「我覺得那是屬於我自己的東西。」

「你去挑戰一段事情，證明你可以的。」現在想起來，阿達說：「在經歷的過程中，你會知道自己才有的感覺。」他說自己也無法形容那種感覺，「因為我的名字叫阿達嘛！有時候會讓人家認為我精神有問題，為什麼要這樣走？」但勇於踏出每一步，嘗試別人不敢挑戰的，並經歷先行者的體驗，讓阿達胸懷滿滿，「他們爬到這座山或站在這道浪前，究竟看到什麼樣的景色？我是想要體驗這種感覺。」

在許多絕美的風景前，阿達既觀微也知著。「走到太麻里時，走著走著，不知怎麼，在路上電線桿旁邊看到一株菜！路邊居然長出菜來，我還拍下來呢！」

阿達的徒步環島行意外影響了一位失戀的同班同學，也開始走。「如果你做了一件真正有意義的事，會去影響另外一個人也想要去做，也是一種新的收穫吧！」

那位同學無法完全以徒步環島，中間或遇上好心人士載他，或搭一段火車，「但是他也完成了，我覺得他也滿厲害的，因為他的體型滿大的。」那位同學也完成環島，阿達看到他果真放下一些，超越了失戀的苦情。

旅程中，一個人俯仰天地之悠悠，幾乎都是自己跟自己對話的時間，「我覺得現代人最缺少的就是自我對話的時間，都耗在電視、電腦、用手機跟人家聊天，幾乎很少跟自我對話，以致於該多思考的事常常倉促決定。」有過二十來天的深思時間，「我自己很多的想法慢慢清澈了。」

孤獨、寂寥之餘，還有水泡要對付。

第一天，水泡就老實不客氣地冒出來攔阻阿達，雖然帶兩雙鞋輪流穿，但水泡還是冒出來，「到後面幾天已結痂，因為長繭了，就不再長水泡了。」

徒步二十三天花了八千多元，旅費是阿達父親支付的。無論是徒步環島或主修體育，家人的支持，讓阿達充滿感恩。「其實唸體育系，家裡並不看好，因為體育這一行，除非真的到達頂尖，否則會被認為沒什麼路用。有時候我爸會開玩笑那樣說。」但父親仍默默支持。一開始，阿達告訴父母要參加一個路跑，開口提要旅費，「但是他們沒想到，這趟路跑的時間那麼長，距離那麼遠！這部分家裡滿支持我的。」

走遍台灣，信念和陳爸一拍即合的阿達返回書屋報到。不過十天，就讓主修學程教育的他，自覺轉折很大。

「你若真的有心要走教育這條路，真的非常需要愛。」這十天，其實有些小朋友已跟他建立很緊密的關係，「他們會跟我講一些悄悄話，雖然他們都叫我哥哥，但我覺得已到了有點像家人的角色與感覺。」

覺得小朋友無不可愛的阿達，看起來十分好脾氣。儘管書屋難免有比較不受控制的孩子，「可是我覺得我有辦法制住他們。」初來的這幾天，阿達先適應孩子們，了解他們的脾性，「也讓他們知道我的地雷或規則在哪，你若是故意或刻意破壞它，那可能就會看到我的一些轉變。」

帶書屋孩子的頭幾天，阿達觀察出，「男生比較容易浮躁，女生都屬於那種管教型的，男生太吵鬧，我可能就不出聲，然後女生就會說：『不要吵，快寫作業！』」因為阿達不會拍桌子或放聲嚇止他們，而是以聊天式方式告訴孩子，有問題可以問他，所以孩子幾乎都把阿達當作大哥哥，而不是老師。他還發現有幾個小男生可能想要引起他的注意，「『哥哥教我摺飛機！』一直黏到我身上，連隔壁班小孩也跑來，讓老師一直過來抓人。」

不過親切歸親切，界限還是要定的。阿達也跟孩子們約法三章，只是，孩子再難搞，他說自己絕不會動手修理小孩，「他們在學校已經常被打，或罰站或懲罰，學校已經壓迫他們那麼多了，到書屋我還繼續壓迫他們的話，那些小朋友應該會很不想來，書屋就沒有存在的意義了。」

家庭健全的阿達一視同仁地對待資源班孩子，「可能他們現在成績表現得比你差，但是將來未必會比你差的，不該把資源班孩子放到最後啊！反而應該看看，是否有方法可以把他們帶上來。」

回想自己小時候唸書，成績並不理想，不時會缺交作業，也會被老師修理。阿達說，「其實我小時候也是調皮的。還好唸國中時，因為一次路跑比賽讓學校看到我，我才發現自己有一樣專長，可以在其中得到成就感，我繼續鑽研下去，一路讓我上到大學。」另外，他也在書屋過去的同學光復身上，看到即使家庭不健全的孩子，在短跑與樂團中找到自己的興趣，也很認真的去思考未來的路，「只要找到自己有興趣的，孩子一定有路可走的。」

大學暑假期間，曾帶過書屋孩子單車環島；這回，剛到協會，卻被指定去擔任書屋專職老師，「大家都說我回來時間點很剛好，基本上，這時候很缺老師，我回來就馬上填補這個角色。」

當了專職書屋老師，每天早晨得上師訓。現在阿達又拾起國小課本，暫時把他想做的三個區塊——單車環島、帆船／獨木舟、登山——先擱一旁。阿達坦承，跟自己原先設想的帶孩子體能方面的工作頗有出入，「但既然我要帶體育相關活動，勢必要跟小孩子更貼近，所以我覺得，現在的角色我也滿能接受的。何況，跟體育相關的工作，將來還是有機會碰到的。」有運動員精神的阿達，喜歡專注在一件事情上，「等這邊比較熟悉或比較可以掌握時，才去接起來比較好，要不然，一開始接太多，我覺得會太雜了，我記憶體也不太夠啊！」

倒是徒步環島，陳爸希望阿達可以找機會在書屋辦個幾場，因為有些書屋老師並不太喜歡騎單車，反倒喜歡走路，「有些人可能覺得走路比較簡單，但走到後面，其實才是真正的挑戰。」

跑馬拉松、長途徒步，對阿達來說，都是一種專注力與堅持力，「你的目的是要完成一件事，若有辦法堅持下去，那過程就會很美好，這是上回騎腳踏車想帶給小朋友的樂趣。」對不曾接受過訓練的人，三、四十公里可能就受不了，但卻要一天騎一百多公里，「到後來，因為大家都還繼續騎，他是被大家一起帶著往前，而且團隊會彼此激勵，反而彼此之間的關係更加緊密。」

高中三年，年年暑假都跑步上課，「冬天我很煎熬，因為跑的時候都還沒天亮。」跑

步讓阿達成為一個專注且有毅力的人，「除了全力衝刺以外，中間會有一段你需要思考的時間，那不然真的太無聊了。」運動可以調配整天的作息與時間的運用，「一天開始，就讓你整個身體都醒過來。」

二十出頭的阿達，從一個為學校成績所苦的孩子，蛻變成很有想法的大男孩，他的下一步準備以徒步環遊世界。在許多年輕人都往澳洲打工的此刻，他反其道而行，不打算走這些工業文明過度發達的都會地區，他認為，「打工不能只在工作，而都會不過都是以消費為主，就反而比較沒機會了解當地文化。」陳爸對阿達充滿肯定：「你想，他在三十歲前，就徒步走遍全世界，等到他回來的時候，還有什麼事做不成？」

或許，那時已成為徒步旅行家的阿達，會為書屋帶來不一樣的正面能量。看到阿達那乾淨純粹的笑容，這一天，值得等待！

二 幼苗

書屋小小孩

半夜被父親罰站，永遠缺乏睡眠；

深深想念爸媽卻一年只能見幾次的傷痛；手足個個都是同母異父……

每個小小孩背後都有個不得以的成人故事，渺小細瑣。

科技進步，時空距離縮短了，卻拉大了城鄉和貧富的差距，父母往城市跑，棄子女於鄉間；

或父母失意於主流社會，孩子成為洩憤壘包……每個家庭孕育出的不幸，

仍如難斷根的世襲宿疾般繁衍著。

書屋陪一個算一個，冀望縮減這些孩子的絕望與創痛。

滿心洞洞的
小芸

聽到有機會可以上台北，小學五年級的馬小芸（化名）立即滿臉藏不住的期待與興奮。

春節後，書屋孩子上台北表演、吃春酒。搭火車沿途，每隔一會兒，小芸就撥個電話給媽媽，再三確認自己什麼時候會到，「媽媽妳可以來看我！」

到了台北車站，年輕的馬媽媽果然來了。小芸綻出燦爛如花的笑容，立即上前親暱地牽著媽媽的手，嘀嘀嘟嘟說東道西。

書屋團隊齊集後，正準備要去吃飯時，馬媽媽也說要走了，母女見面不到十分鐘。捨不得媽媽走的小芸，淚水撲簌簌流下，最清楚事況的秋蓉老師一旁力邀媽媽一塊兒吃飯，「可以嗎？」媽媽同意前去。餐桌上，馬小芸像隻開懷的小麻雀說個不停；等到媽媽不得不走時，又抽搐起來。

做泥水工作的爸爸下工後，想來看一下小芸，馬爸爸卻繞來繞去搞不清楚六福皇宮在哪兒。等呀等呀，遊覽車來了，書屋團隊都得上車，小芸眼眶又溼起來。本想先回去休息的陳爸，就陪小女孩等著爸爸，也打算讓馬小芸回去跟父母住一晚，明早再電話聯絡來接她。

約莫一小時後，只見陳爸帶著掩不住沮喪的小芸回到書屋團隊的台北住宿處。原來爸媽還是來了，但媽媽卻斷然拒絕讓小芸跟他們住一晚。

排行老三的小芸，上面還有兩個姊姊，這三個孩子都是阿公、阿嬤或奶奶帶大的，年紀算輕的父母不太願意把小孩帶在身邊，理由是爸媽要去台北工作賺錢。事實上，小芸爸爸有專業執照，大可以在台東工作，賺錢或許沒有台北四萬多塊的收入高，但不必付房租、昂貴的交通費，存的錢未必比台北少。秋蓉老師認為：「這或許是他們的藉口。」

小芸父母偶爾回來，就當個三天或一週的父母，讓孩子歡欣鼓舞個幾天便走人。直到生了老么的兒子，幾位老人家認為這對父母都把責任往外推，說什麼也不願意再收了。

曾在台北跟過爸媽一段時間的馬小芸，一直對和父母生活心嚮往之。每學期她都會說，「我下學期要轉學到台北了。」講了第二次、第三次後，其他小孩都罵道：「妳又在騙人了！」秋蓉老師追究後，才知道是母親給她期待，錯不在孩子，出面幫這小女孩說：「馬小芸講的是真的，我有聽到。」或許媽媽真心希望，兩人工作穩定時，再把孩子接過去；也或許是小孩當場提起時，媽媽怕麻煩先搪塞應付過去，卻不知自己的輕諾又在小孩心裡留一道陰影。

在經歷過一次又一次的失落，秋蓉老師觀察到，「孩子逐漸建立一個自我防衛機轉，會說媽媽告訴她，清明節會回來，媽媽只要找到房子就會帶她上台北，因為現在房子很小。」

「老師，我真的可以上台北嗎？真的可以和我媽媽一起住嗎？」觀察馬小芸平日的行為，會發現她相當不安，也極缺乏安全感，凡事都要再三確認，同儕都會認為她是一個很愛騙人的孩子。

長期滿懷希望，復又長期失望，馬小芸心裡彷彿有許許多多洞，亟需被填補。她透過吃，自我滿足，卻又沒多少零用錢，被同學貼上「愛吃、常常跟人討吃」的標籤，其他孩子都會說：「馬小芸最愛吃了，每次吃什麼都跟我們要！」

愛吃又很空洞，秋蓉老師試圖讓馬小芸轉換，希望她面對自己的生活現況，常跟她說：「你看別人吃，你也想吃，可是爸爸媽媽沒有那麼多零用錢，你要不要來打掃書屋？老師可以給你一些零用錢。」但馬小芸也不願意付出，心裡總是很虛幻地盼著，有一天爸爸媽媽賺錢了，自己就可以離開台東。

書屋孩子要赴宜蘭參加小鐵人比賽，得自備泳衣。媽媽本來為馬小芸準備些零用錢，有一天，她突然對秋蓉老師說：「老師，我的零用錢不夠了。」

本來就答應要帶馬小芸去買泳衣的秋蓉老師，決定先帶孩子去試穿看看，一邊是一件三百九十元，老闆娘阿沙力只收三百五；還有一件是四百元，馬小芸卻指著上面一件亮紫色的泳衣說：「老師，我要那件！」那件確實特別漂亮，老闆娘立即說：「那件非常貴喔，要一千九百八十塊！」

心裡惦記著那件昂貴的泳衣，「好，那妳現在沒有錢，那是妳的目標。」秋蓉老師讓小芸自己付出勞力幫忙打掃，一次支付她十塊錢，馬小芸卻開始斤斤計較起來，比賽前根本存不到一千九百八十元，她期期哀哀道：「啊！這樣我就沒泳衣可以穿了！」秋蓉建議小芸是否考慮買三百五十元的泳衣，豈料她卻反求：「老師，那妳要不要先借我一千九百八十塊？」小芸常想自己得不到的東西，可是又不願付出努力，「媽媽永遠給她一個空中樓閣，也從來不肯跟她講實話。」

吃到好吃的，小芸會說：「老師，這好好吃喲，我可不可以留下給我弟弟吃？」「這好漂亮，我可不可以留給我媽媽？」這一個心地極其柔軟的孩子，就這樣可惜了。

蛻變的
阿浩

美和書屋小孩的名聲：沒禮貌、沒大沒小、講不聽等，讓準備進入這「一級戰區」當老師的宏駿，如雷貫耳，心中做足了準備。

果然，美和小孩中的「帶頭大哥」阿浩，有著天生領導者的特質，卻常沒來由大發雷霆、特別愛唱反調，其他小孩也喜歡有樣學樣地跟著起鬨鬧開來。阿浩有著氣走無數位學校老師的紀錄，即便用愛心造就孩子的書屋老師也招架不住，連番撤退。直到宏駿老師走入這群孩子的生活中，彼此間的關係才開始起了化學變化。

在小孩眼中，宏駿老師手上有刺青，酷酷地、話少笑容也少，還以為他是打哪來的黑社會兄弟哩！

「老師，你的數學跟學校老師一樣強耶！」

「老師，你鋼琴彈得好好聽，你是我的偶像，我以後也要彈得和你一樣好。」

「老師，你電腦超強的，你以前是工程師吧！」

無論是上課或指導作業，宏駿逐漸「收買」孩子的心，數學厲害、電腦了得，又會彈鋼琴，還會陪孩子們騎單車、打棒球、打桌球、跑步等，十八般武藝都難不倒這位新來的「兄弟」。

這些發自孩子真心讚美的話語沁入宏駿的心湖，也柔化他僵硬的臉部表情，溶解他內心的寒冰，他開始學著與小孩說笑。

良好互動改變了老師的心，餘波也推引著小孩們，帶頭打鬧的阿浩改變最明顯。

阿浩的母親酷愛杯中物，經常在書屋關門了還沒來載兒子回家，這也是造成阿浩愛發脾氣與唱反調的主因，藉此來引起大人的關注。

宏駿以篤定的態度看待並處理一切，耐心陪伴、教導阿浩，從沒說過一句重話。阿浩的心逐漸被撫慰了，收起亂發脾氣的態度，也明白，要勸導母親戒酒，得好好地說、

慢慢地講。阿浩還學會用撒嬌的語氣軟化母親的心，更收斂起愛唱反調、不寫作業的習性，讓心保持恬靜，心平氣和且自動自發地完成每天的作業。

本來就很有領導特質的阿浩，開始被賦予帶領車隊的任務，他有條有理的處理各種狀況，讓人刮目相看。

阿浩的蛻變也帶動了母親，母親漸漸戒掉酒癮，學會陪伴孩子，重視孩子的學習。現在阿浩不僅會主動寫完功課，心悅誠服地投入多元化學習，更會協助書屋老師打理並處理事務。

沒有孩子是不能改變的，關鍵是大人願不願意付出與陪伴。

沒人教她不能打人的
阿芭樂

一踏進教室，一個害羞又有些過動的孩子立刻飛速衝到蓉蓉老師面前，來不及煞車，孩子跌倒在蓉蓉面前；扶她起身後，她又用力在老師身上拍了一下，笑著跑開。

「哈囉，妳叫什麼名字？」

等不急她回答，旁邊的孩子就大聲回說：「她叫阿芭樂啦！她很愛打人吶～又愛說髒話，髒髒的阿芭樂～哈哈哈！」

「ＸＸ娘！笑屁哦！走開啦！」阿芭樂又發威了。

蓉蓉走向她，蹲下來說：「阿芭樂，妳好，我是老師，妳今年幾年級？」

「三年級了！」她小小的身軀以及語言的表達方式，孱弱的身形好像五歲的孩子。真是所謂的「先天不足，後天失調」，在母腹裡已營養不足，加上後天環境影響，她臉上總是掛著兩條濃濃直直的鼻涕，蓉蓉順手拿起衛生紙為她擦拭後，問道：「阿芭樂，妳是不是喜歡用拍打的方式打招呼呢？我們試著不要拍打身體好不好？我們改用擊掌的方式怎麼樣？就像這樣！」蓉蓉舉起大大的手與阿芭樂小小的手對拍著。

「還有啊，髒話不好聽，阿芭樂也不喜歡其他同學對妳說髒話對吧！因為會傷到其他同學的心哦！聽到的人也會很難過的。」阿芭樂注視老師的眼睛，愣了幾秒後，又用力拍打了老師一下，笑著往另一個方向跑去。

當下，蓉蓉佇立好一會兒，心頭好疼，「還好，還有時間。」蓉蓉打定主意要設法幫助阿芭樂，再慢慢改變她，「是的，需要時間。而且是一個未知的期限。」

從那天以後，阿芭樂一進書屋，看到蓉蓉老師，還是不免衝過來撲倒在面前，又起身往蓉蓉身上拍打。蓉蓉決定換個方式，不等她衝過來，主動走向她，蹲下來伸出右手，一開始阿芭樂不知道要做什麼，蓉蓉就叫她拍著自己的手，不習慣的阿芭樂，邊吱吱

笑、邊繞著蓉蓉，沒伸出手擊掌，只笑笑地對蓉蓉說聲：「白痴！」

吃晚餐時，阿芭樂蹲在椅子上，右手雖然拿一把湯匙，卻用左手抓著菜不斷往嘴裡塞。蓉蓉走向她，示意叫她坐下來，並請她試著用湯匙吃飯。一開始掉了滿地。蓉蓉不放棄，一次又一次要求阿芭樂試試看，偶爾她會發出不耐煩的呢喃聲，漸漸地，她似乎習慣了也能駕馭自己，不用老師在旁邊督促著。

養成一個好習慣，確實必須不斷地嘗試錯誤、練習示範。給孩子機會，很少學不會的。

課堂上，阿芭樂坐不到五分鐘，就嚷嚷說不想上課，要去外面。蓉蓉讓孩子去做她想做的事：畫畫、看故事書，都好。

當課堂上一片喧鬧聲傳出，阿芭樂悄悄打開一條門縫，雙眼直楞楞地看著大家。蓉蓉請她進來，她回到座位上，搖著頭發著呆，一聽到準備玩遊戲時，立刻興奮地舉起手說：「我要參加！」

近一年了，如今阿芭樂進教室頭一件事，就是拿起作業催促著蓉蓉老師幫她檢查，然後說要寫注音及練習寫自己的名字。名字三個字，她練習了好久好久，終於學會了；數字一到一百，也不會再跳著數；髒話少了，很少用拍打方式去打同學。

孩子的改變，就這麼一點一滴的累積；進步，是可以看得見，可以感受得到的。

「老師，我要聽這本故事。」

「好啊，我們繼續……」

二

幼苗
書屋小小孩

不再被髒話挾制的
俊呈

遠遠傳來國罵聲，俊呈又發飆了，他正在遷怒一位同學，愈罵聲音愈大，情緒愈來愈燥。

每當俊呈開罵，所有人就閃得遠遠的，以免被他掃到颱風尾。他的滿口髒話，讓所有人跟他保持距離。

原來俊呈從小被大他很多歲的哥哥欺負，有怒也不敢言，而且身上穿的都是哥哥穿不下但仍嫌大的衣服，撿哥哥不用的東西用。哥哥和一些同學有手機，讓他羨慕極了，朝思暮想的都是希望擁有一支屬於自己的手機。

二〇一二年，秋蓉老師與俊呈立下一個約定，如果他能連續三個月內都不講髒話、不亂發飆，也不遷怒別人，秋蓉就送他一支手機。

同學都不相信他做得到，不過，為了手機，俊呈真的努力遵守約定，但從小養成的習慣，哪可能說改就改？

眼看就要升小五的暑假，也是兩人約定的期限，俊呈開始賴皮說：「我真的比較少說髒話了，也不會常常愛生氣，可不可以？我以後都不會講髒話了。」「執法如山」的秋蓉老師絕不通融：「當然不可以啦！」賴皮不成，俊呈很失望，甚至想放棄，他懊惱地說：「我不可能做得到，算了，等到我唸國中，媽媽就會買給我了。」

不過，俊呈沒放棄，秋蓉也很堅持；每個月初，就召集美和書屋的孩子，詢問大家看到的俊呈，到底有沒有改進？這過程中，俊呈雖然都會被吐糟，但同儕也都看到俊呈的進步；更重要的是，秋蓉老師的確看到俊呈有了自我察覺，也逐漸內化成為習慣。

有一次，不知是誰碰了俊呈一下，他直覺反應似乎要脫口而出，卻又縮回去，回頭跟秋蓉說：「秋蓉老師，我剛剛差點要說髒話，但我忍下來了。」

兩人的約定持續了大約一年，俊呈果真做到了，期間的每月檢視都讓他飽受挑戰，每次都失望但卻又都沒放棄，連大人都未必能堅持一年。只為了完成一個約定，俊呈卻做到了。拿到手機時，問秋蓉說：「老師，我有完成我們之前的約定對不對？」「對呀！」「所以，手機是我的對不對？」「對啊！」

「你說，我之後若不小心講了髒話或是沒理由的生氣，手機沒收，那是處罰，對不對？」秋蓉不解俊呈到底要講什麼，「我是說，如果我不小心又說了髒話或亂生氣，手機被妳沒收，等我都沒有再犯了，手機就會還給我了，對吧？」

前後一年時間，俊呈徹底改掉壞習慣，甚至開始自我察覺。為了保有手機，秋蓉相信他一定會持續警醒自己不可再犯。

為了達成目標，即使很努力，但每個月都還差一點點，可是俊呈仍未放棄，還願意繼續努力恪守約定。秋蓉很寬慰這孩子的改變，「如果多幾次這樣的心志考驗操練，將來俊呈面對挑戰或困難，有什麼過不去的！」

SPEED LI
5

被家長、導師放棄的小一生

羅豪

那是二〇一一年十二月底的某天中午，育純老師正從宿舍一路走到書屋途中，卻在路上陸續撿到兩個書屋小孩，其中之一的羅豪（化名）沒把功課帶回來，育純陪他回學校拿。

羅豪小一的導師壓根就放棄這孩子，育純曾有過陪孩子進入教室、卻被導師當空氣的經驗，這回寧可在外頭等候，遠遠地看著羅豪進出教室，以免自己不留神情緒上來，想要衝上去罵老師。

功課拿回來了，羅豪拿出聯絡簿，育純老師赫然發現，週一、二家長都沒簽名，週三則是羅豪沒抄聯絡簿。這孩子為什麼沒抄聯絡簿？育純詢問他每天上午到校後的細節，才知道他對於上學這件事毫無次序可言，到學校該先做什麼事，毫無所悉。

可憐的羅豪，遇上不想好好教他的學校老師，小一初入學，就被導師貼上標籤，還拒絕他上課後在校輔導的「攜手計畫」，一逕想把責任推給書屋。而羅豪的媽媽總是逃避問題、轉移話題，完全不想面對自己孩子的問題，甚至打算擺爛到底，丟給書屋去處理。

這個小一生，上學根本不知道要抄聯絡簿、交功課，在課堂上拚命講話；放學也不懂得要帶功課，對老師話充耳不聞；回家不清楚要把聯絡簿拿給媽媽簽，每晚都混到七晚八晚才洗澡睡覺。

育純測試他的拼音，才發覺他一、二、三、四聲完全搞不清楚；國字記不住，寫功課時必須要翻查課本，甚至翻了也查不到。這孩子明顯是自小就缺乏文化刺激，偏偏還遇上不負責任的學校老師，加上媽媽不願負責任陪伴羅豪。

還好羅豪才小一，補救還不算晚！育純和另一位書屋老師文等商量後，攬下開啟羅豪學習動機與次序的工作，打定要建立他的次序性、打好他拼音的基礎，讓他識字程度突飛猛進。育純做了一連串一對一教學計畫，希望至少他在學校能夠知道自己要做什

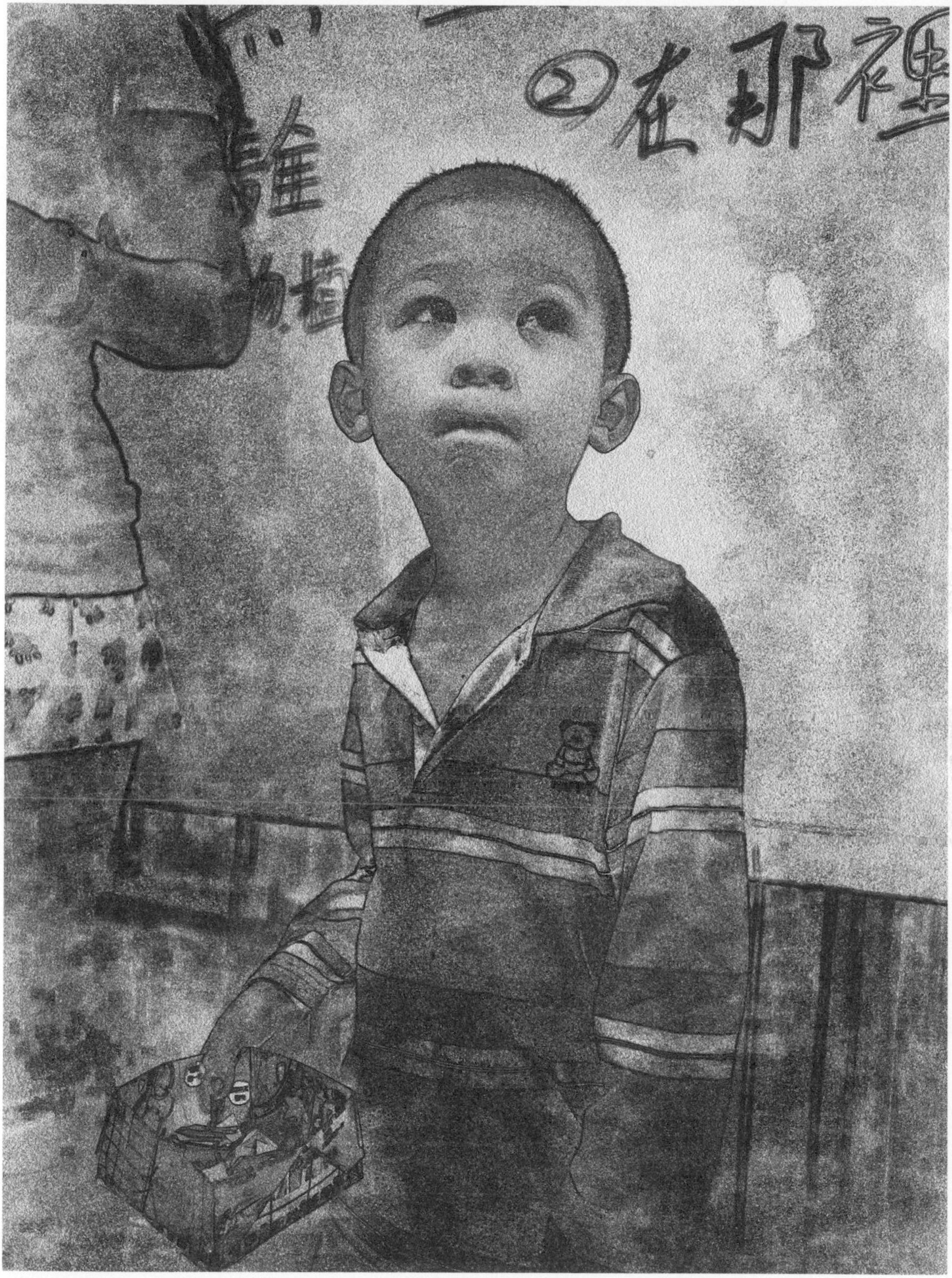
②在那裡

麼，不要在小一階段就完全喪失學習的信心。

一年過去，已升上小二的羅豪，很慶幸地換了另一個導師。走過很長一段「逃避功課→自暴自棄→哭鬧耍賴→轉換情緒→面對功課」的循環後，儘管學業與行為上都還有極大的進步空間，但他開始有了次序感，知道到學校該做什麼、到書屋該做什麼了。懂得次序後，羅豪開始願意試著面對功課，只要他的情緒一調整好，便可以讓育純透過商量、討論等種種方式，讓他逐步完成作業。

其間，仍不免遇到羅豪逃避、哭鬧的時候，但經過一天天的堅持與努力，他真的有了些微的轉變，而這小小的轉變，很可能大大扭轉他的未來。育純常常望著這孩子的身影，過去一年陪伴他的種種歷歷在眼前。

是的，每個孩子都有權利改變自己的生命。當家庭和學校都棄絕他們的時候，誰可以成為孩子的避風港，願意一點一滴扭轉他、陪在他身邊，走過成長最難熬的階段？或許這就是像書屋這樣的組織存在的價值吧！育純這樣告訴自己。

三 夥伴

書屋的陪伴者

二十歲開賭場的大毒蟲；流浪到台東的拳擊教練；
不敢說出自己想法的喪夫年輕母親；失婚的家庭主婦變飯店主廚；
離開花花台北的失意廣告人；法律系高材生的國會助理；
叛逆的九歲喪母的小三兒子；被妻子說丟到垃圾桶都沒人要撿的匪類王；
被先生家暴的三個孩子的媽；乘法都不會的棒球國手……

書屋的陪伴者各個充滿跌宕起伏的生命，他們的人生故事比小說更具張力。
且聽聽他們的生命故事，以及在書屋裡與陳爸、書屋孩子擦出什麼火花……

總是為孩子牽腸掛肚的阿娘

惠菁

已經晚上近七點鐘，協會辦公室裡人人都往各個書屋去，惠菁還留在辦公室裡，等高年級孩子們來上英文課。孩子們一進門就衝著她叫：「阿娘！」孩子心中、口裡，都把惠菁當作書屋的「娘」。在陳爸之餘，這個「娘」真的有像含辛茹苦、總是為孩子牽腸掛肚的母親。

從溫泉書屋的負責人，調到負責公關的督導，在內部，常因為孩子的照片該不該露臉等問題，和同事間有不同看法，衝突難免；對外界，無論是善意、熱心、質疑等等，惠菁都得一一和顏悅色地回應，有時，電話一講，根本完全放不下。這工作對直腸子的她，很是挑戰。

接觸外界愈多，惠菁愈顯得憂心忡忡，關鍵在於書屋擴展極快，但募款的重擔與千頭萬緒都繫在陳爸一人身上，偏偏陳爸身體有陣子飽受胃潰瘍折磨，一個鐵錚錚的漢子不得不回家休息一個禮拜。已經跟陳爸一起在書屋陪伴孩子七年的惠菁，從未見工作夥伴陳爸如此虛弱，讓她眉頭總不自覺地深鎖，也常不自主地出神。

七年前，因為獨子逸文逐漸把自己跟大人隔絕起來，加上成績一落千丈，惠菁求助無門。而姊姊與陳爸曾是同學，聽說陳爸一直在陪伴一些孩子，於是她把陳爸當作最後一根稻草，把兒子送過去；結果帶給惠菁的震撼遠遠超過兒子，自己從中潛移默化，讓她的觀念與態度簡直成了一個新造的人。

逸文在陳爸帶領下，讓惠菁很放心，「我以前是個一般的媽媽，就是用一般的標準在看我兒子，看成績啊、態度啊，經常都會處罰小孩，我用那些標準去要求他，就傷害到他，所以早期我一直都被陳爸唸。」她坦言說，自己以前並不會多想，任何事都以傳統眼光看待，加上已逝的的丈夫是標準的大男人主義者，凡事都聽先生的決定，「根本就沒有機會去想，就是過日子而已。」

但遇到陳爸之後，給她許多前所未有的心靈震撼。

惠菁常被陳爸引導，問她是否要想想：「自己到底喜歡什麼，要什麼？」此後，她逐漸會加以思考，原本為別人而活的生命基調完全重譜，不再是那個隨著他人步伐起舞的傳統女子，而開始有了一幅清楚的願景。

談到這，阿娘自嘲說：「那時候，我常常在笑自己：過了四十歲，才開始做一、二十歲在做的事情：我未來想要怎麼樣，到那個時候我才開始想。我的內在開始有一些轉變，過程其實還滿痛苦的。」

陳爸的啟發，讓惠菁整個人經歷了內在的改變。

逐漸地，原先並不清楚自己是否確實改變的惠菁，口頭禪從「我不知道耶！」開始變得比較敢講話。「事實上，我對某些事情，可能有種直覺，自己要或不要，其實已有個感覺了。對我來講，這部分的啟發很強。」

從帶著失怙的逸文返回台東娘家，惠菁的重心就是在娘家的餐廳裡打轉。認識陳爸後，心裡開始嚮往書屋那樣陪伴孩子的工作，人老往書屋跑，漸漸地從娘家的生意抽身出來，另外找了一個業務工作，變成同時做三件事情，另一個是早上在娘家，再來就是到書屋當志工，「隨時就想把時間用來給孩子，我就變成有三個角色。」發現心境的新大陸，她放掉娘家的工作，專心做業務工作跟書屋，最後索性辭掉工作。

被開啟了另一雙眼睛的惠菁說：「也多虧那段時間，因為書屋都沒錢了啊！但我還有在工作、有收入。為什麼他們會叫我『阿娘』？那一段時間，我下班回來，會帶著食物，可以為大家煮一頓飯，才像是像樣的一餐。」孩子們巴望著惠菁回來，一見到她手上有菜有肉，都高興地鬧著說：「阿娘回來了！」就這樣，「阿娘」的稱號一代接一代，直叫到今天。

因為娘家是很傳統、很節儉的農家，在家裡的餐廳，惠菁會挑選吃得乾乾淨淨的小家庭客人吃剩的，「我也會把剩下的整理乾淨，帶來書屋和大家一起吃。」

惠菁內心對書屋工作愈來愈渴慕，但在「現實」和「自己想要的」兩邊，她舉棋不定，「如果我真的做這工作，我會沒有錢，可能生活很難過，最後可能要回家靠媽媽；或者我讓自己為了錢去工作，雖然心裡可能不快樂。」

而逸文已進入國中階段，處在最關鍵的青春期，「如果這段時間，我在乎物質生活去賺錢，我們可以吃牛排；還是我辛苦一點，沒錢，可能只能吃滷肉飯，但是可以好好

地照顧兒子？到底要辛苦三年，等孩子穩定，以後不用擔心他一輩子？兩者難以取捨下，姊姊的一個同學給她當頭棒喝，讓她毅然決然搬出娘家。

當時，逸文根本不想再住外婆家，惠菁正猶豫是否要在外面租房子？想著想著，她始終拿不定主意。姊姊的同學劈頭就責備她，「兒子都已經沒有爸爸了，他最親的人就只剩下妳，妳如果都不為他想，那他要怎麼辦？」姊姊同學又唸她說，「如果妳先生還在，妳還是住在台南，妳媽媽還不是一個人？」

想通了母親與兒子之間的取捨，惠菁終於明白，陪母親未必要住在一起，卻可以免除孩子的痛苦。她被一語驚醒，遂於二〇〇八年在外租屋，徹底搬離開娘家；也聆聽自己內心的聲音，毅然決然辭掉工作，全心全意投入在書屋裡。

從此惠菁以書屋為百分之百重心。

但此時書屋卻陷入阮囊羞澀的窘境，連買菜飯的錢都斷了援。憶苦思甜，惠菁回想說，社區的人偶爾會送一些菜、送一些東西，朋友會贊助一、兩千元，卻也是有一搭沒一搭的。當時的拮据可想而知，但惠菁幾乎忘記是怎麼熬過來的，「沒有認真去算耶！反正有錢進來，就買東西大家一起吃，也過過三餐都吃泡麵啊！」

還好「開拓基金會」及時雨般，給了一個月一萬二的房租補助、外加六千元支付水電雜支等。但到了今天，書屋人力擴編，光張羅吃飯、薪水，就不知道壓力有多大；這段時間，陳爸一肩扛起，但惠菁的暗自焦急也無人可訴，夜夜無好眠，「晚上睡覺醒來，我都想說：到底昨夜有沒有睡著？我去當賊了是不是？怎麼醒來就這麼累！」

看著產業的進展緩慢，惠菁也有苦難言。事實上，幾年前執行「攜手計畫」時，陳爸就構思，未來要做中央廚房，「可是大家認為，各自煮就好了，各書屋都有個簡單的廚房，有爐子、鍋子。」中央廚房還要投資設備，夥伴中幾乎無人贊成此事，「到現在來這麼多孩子，以及因應未來的需要，確實看到中央廚房的需要了。」她還說：「那時，陳爸提出來，我們都不認為需要這樣做，我們就是跟不上他的思路。」

陳爸比別人敢於大膽做夢，但是夢想必須要付諸實踐。

目前書屋處在有一點知名度、但外界了解仍有限的階段，因為書屋做的事情相對複雜，不僅僅是課後輔導而已，「那只是一小部分，不只是供餐，教孩了音樂、運動等才藝而已。」惠菁強調：「我們在做的是：從一個孩子的內外，到未來，到他整個信心的建立。」

至於才冒出芽的產業部分，陳爸想的是：「讓孩子未來有多一個機會，或是給社區家長有工作機會，或培養一技之長，那都是有關聯的。」但發展產業要被捐助者認同，

在產業還沒有長大前，尤非易事，「你無法單獨把它切開來，除非你找到有人願意單獨支助你做產業。」

募款的壓力讓惠菁絞盡腦汁。她試算出每個孩子的基本花費，希望能對外界有更清楚的說明，「孩子一天早餐大概要五十塊；午餐在學校吃；晚餐大概也要七、八十塊吧！再加上喝飲料，等於是一百五十元乘以三十天，一個月要四千五百元；若一個月捐三千，捐個一年，三萬六可以讓孩子吃一整年。」

僅僅供應了孩子吃的問題，並不能解決教育、運動、技能培養的需求，她說：「孩子有錢就能吃嗎？需要有人照顧啊！」

台灣社會習慣將公益團體的工作人員以志工看待，而志工與團體間的權利義務，往往十分薄弱，缺乏權利義務關係，很容易因個人狀況說走就走；但書屋陪伴的孩子幾乎都是身心靈亟待重建者，一旦陪伴的成人不斷更替，勢必給孩子帶來更大傷害，這是有心捐助者很難理解的部分。

同樣的狀況也發生在政府單位的補助，這也是陳爸不願再申請公部門經費的理由之一。惠菁透露：「像過去幾個計畫，政府不管你有沒有人來做，經費下來，往往只有鐘點費，那麼誰去聘這些老師？誰去讓老師跟這個小孩產生關聯？所以我們當時也真的就是義工啊！」

募款順不順利，將關乎書屋的存續；所有同仁能否像書屋現在幾位老夥伴，即便發不出薪水，也二話不說照常工作，「我們還是一定要達成目標。」惠菁心底卻有另一種聲音：「如果沒有錢，或許是個考驗，患難見真情。有一些人縱使真的很有心，但礙於自己有家庭，畢竟是很現實的問題。」

大人沒有工作了可以再換，但書屋的孩子將無處可寄託，這也是為什麼陳爸和幾位核心同仁咬著牙都要撐過去的理由。「陳爸一直都把這些夥伴當成就是大孩子，他帶給他們成長的空間。」惠菁指出，書屋除了帶小孩以外，也帶孩子的家長，「我們是在帶人，如果連自己人都沒有辦法好好對待，那你的心怎麼可能會因為孩子就變得很好？因為你是大人就變成另一種態度，那就有點假了！」

有些學歷只有高中程度的書屋家長，被邀請進來成為書屋老師，在帶孩子的過程中，也在修復自己；但若以主流社會角度來看，會認為他們憑什麼來帶小孩？惠菁不否認，之前陳爸本身也常受到質疑，「可是我們看的角度跟一般想法比較不一樣。這些人若不是當書屋夥伴，而只是一個家長，我們還是要花很多時間跟心思甚至金錢，去培養他們，他們才有可能從不好的循環裡面慢慢脫離出來。」

如果書屋同仁只是把書屋當一份工作，跟一般社會大眾豈有區別？「我們如果可以經由在這邊的工作跟教導，讓他們慢慢有所改變，他們周圍有關係的孩子、大人也會因此而改變。那也是教育啊！」

這樣的改變，在書屋就有一個活生生的例子。

在廚房兼職的洪媽媽（匿名），以前總讓人相當頭痛。她家裡的孩子都是不同的父親，而洪媽媽過去老是晃來晃去、無所事事，整個村莊的人看到她就搖頭，看不起她。她卻因為來到書屋工作，慢慢在改變。

之前，因為她的孩子要讀高中了，書屋先讓那孩子去讀建教班，並且先行代繳學費，洪媽媽居然還去警察局申告書屋誘拐小孩；而孩子的學費是書屋繳的，洪媽媽還去要收據，說要申請補助。

這號人物，人人避之唯恐不及，陳爸卻看出她的生命裡缺少被肯定，打算從生活中帶她，遂不計前嫌，讓洪媽媽進書屋工作，並指派惠菁去協助，「她家裡外面有兩、三隻很大的羊，房子裡面滿地都是羊大便，羊還跑到床上去，我去幫她整理。」

多年來，洪家還接受家扶中心的補助。有一次，惠菁要求洪媽媽要把家裡環境整理一下，否則就要家扶中心的錢慢一點給她，「她就帶人要來找陳爸吵架，簡直不可理喻。

」起初，直來直往的惠菁對洪媽媽講話都滿不客氣的，「但她來這邊工作後，會感受那個氛圍啊！現在已經好太多了，我們都會去誇讚她。現在她會去工作，一天做兩、三份工作，家裡愈來愈整齊。」

進入書屋，開啟了惠菁生命的另一扇門，知道人生其實也可以有不同的選擇。她省視這些過往，「從以前的生活，回來台東，再接觸到書屋，是很巨大的轉變。」惠菁說：「倒不是因為我聽到很多很好的一面，我是從自己的親身體驗當中開始愈涉愈深。」

處事很自然，正是陳爸的過人之處，惠菁坦白說：「我想如果他單純跟我用講的，我應該不是那種：你跟我講『很好』，我就馬上身體力行的人。是因為自己與孩子接觸了，在自己心裡產生那些衝擊，再看到一些效果，就自然而然的參與其中。」

陳爸通常三兩下就會看出這個人的本質，對每個孩子，他大概一看就知道狀況。七年來，跟在他身邊，惠菁從這位世事洞明皆學問的中年人身上學習，自己也一天天進步。

幾年前，書屋的單車隊外騎，被酒駕醉客撞傷了兩位老師，更當場撞死了一個書屋的女孩，這女孩正是惠菁的外甥女、姊姊的獨生女。發生這件事，對惠菁來說簡直是天地變色；迄今，她胸中想必還常隱隱作痛著，那痛楚勢必會像胎記般，一輩子烙印在她心底。

走過悲歡離合的人生關卡，往事如潮，陳爸只說：「她這關很難過得去，但一定得面對。」

望著惠菁嬌小瘦削的身影，她所承載的這一切，或許是讓她心懷更柔軟的苦藥，更有一番為眾人之母的大愛。

三

夥伴
書屋的陪伴者

被孩子改變一生的

秋蓉

章魚燒、竹筒飯、烤鹽山豬肉、鐵板燒的味道噴竄入鼻。壯壯的小男孩洪平（化名）牢牢地牽著秋蓉的手，在台東知本夜市遊逛，眼兒骨碌碌打量著釋迦做的手機吊飾，以及各色有趣的玩意兒。在他眼裡，這裡每樣東西都特別新鮮，最重要的是，週五他不再是被遺忘的小孩了，洪平好生珍惜這每週一次的逛街時間。

在知本火車站附近，每逢星期五，就是人頭鑽動的流動夜市，開賣時間就是洪平的噩夢時間，他眼巴巴地看著爸爸騎機車載阿姨呼嘯出門，去逛夜市，而他就像棄兒般一個人在家望眼欲穿，盼呀盼呀！往往過了晚上十點還不見人影。

在父親和阿姨的世界裡，洪平彷彿是個多餘的存在體。阿姨家本來住對面，不知怎麼地，有一次，爸爸去幫阿姨家修水電，之後，阿姨就住到洪平家來了。阿姨有個兒子還住在對面，每天阿姨煮完飯就先叫那個哥哥來吃，等哥哥吃剩了，才輪得到洪平，入口的飯菜從來都是冷的。

洪平來到書屋，秋蓉老師發現，這個長得小壯壯的男孩，處境簡直就像是會造出「媽媽們陸陸續續回來」這般的句子來。洪平還在襁褓時，媽媽就帶著哥哥離家出走；從小，他看過很多不同的「新媽媽」，惟獨不曾與自己的親生母親謀面。秋蓉說，這彷彿是小說情節居然活生生地在自己眼前上演著，「看這小男生就會想說好好疼他。」秋蓉認識洪平時，他大約小四，「我就覺得每個禮拜自己一定要帶洪平去逛街，這對我來講應該是很大的衝擊。」

書屋幾乎各個老師都有著極其「精采輝煌」的紀錄，每個人的際遇都足以寫一本長篇小說。而台大法律系畢業的秋蓉，算是稀有的「平順一族」，唯一的生命破口是跟父親間的衝突。

踏出校門後，秋蓉長期擔任原住民立委的國會助理，純粹做選民服務，因而與原民圈

小有淵源，即使轉往私人企業任職，仍保持聯繫。二〇〇七年，因「中華電信基金會」有意縮短數位鴻溝，希望捐些二手電腦給原住民，對原住民較熟悉的秋蓉就因緣際會去了台東，當時建和書屋甫成立，秋蓉結識了陳爸。

往後只要有機會，秋蓉就往台東跑，落腳建和書屋。彼時，教育部開了一列學習列車，她也逐漸把相關資源介紹給陳爸認識。兩年後，當秋蓉任職的私人企業老闆打算轉型赴大陸發展，準備結束台灣業務，「我去北京幹什麼？」秋蓉心想，何不趁工作告一段落，停留台東一段時間，「我只是很單純地想著，如果能幫忙寫些案子申請經費，對書屋也不無小補。」

當時書屋壓根沒想過人事費。連孩子口中叫「阿娘」的惠菁，與書屋老師珊誠，都是兼著做，純屬志工性質，幾無行政作業成本，頂多支付水電、三餐、房租等基本開支；唯一全心在做的是陳爸，藉建和書屋的空間，帶著孩子們課輔、運動、彈吉他。

知本國中的「攜手計畫」，是書屋拓展的關鍵，也讓本來打算短暫停留台東的秋蓉一頭栽進書屋，捲進這些孩子的生命裡。

陳爸有意參與這一計畫，但書屋幾位夥伴們都有點意見，齊聲反對與體制內的學校合作。陳爸的一番話卻感動了秋蓉，她還記得陳爸說：「我跟他們溝通這麼久，就是希望大家一起合作帶社區的孩子，他們願意給我們機會，是我求了好多年才求到的。」只要可以有一個機會，在同一個平台上為孩子做事，陳爸都願意做，但成果可以給知本國中。

當陳爸獲悉知本國中願意把孩子的課後輔導放進社區，就著手積極找點，探詢社區內誰家願意提供出來。願意提供場地的，但想到水電費、桌椅，還有孩子吃飯等問題，直說怎麼辦？陳爸二話不說承諾：「沒關係，我們來承擔。」也從那時開始，書屋接觸到建和以外的社區。

外人眼中的建和書屋孩子，就是不愛讀書、愛打架鬧事、遊手好閒的，評價有正有負，甚至有人會不客氣抨擊說：「那些孩子都是歹囝仔，沒有爸爸媽媽的。」以知本國中為名的「攜手計畫」，貫徹了讓孩子可以早點回家、在社區被陪伴的目標，再到同學家一起做作業，有社區居民下班來教功課，讓課後的孩子有大人照應，安心待在社區裡，也減少孩子在外逗留晃蕩的機會。就這樣，在資源相對匱乏的東台灣小鄉，展開類似家教班的課後輔導。

「攜手計畫」付諸實現後，秋蓉花了極多心力，每天奔走於各社區間，去了解各個書屋小孩的出勤狀況，「以前只要老師願意來就可以教，那時才發現，教學這件事情，真的沒有那麼簡單。」秋蓉體認到，學生程度差異很大，加上混齡，「老師如果沒有預備，就只能解決孩子一些生活上很細微的事，比如課業上這題不會解，教你解。」書屋也開始認真思考，需要培養老師的教學能力。

計畫進行了一年，美和書屋的點也建立起來，「你慢慢發現美和社區的孩子有自己的需要，於是逐步建立一些雛型，與社區媽媽有所連結，媽媽們也開始知道書屋了。」

那年，《天下雜誌》以「偏遠地區如何用社區力量參與教育」為主題，報導了建和書屋執行的「攜手計畫」。建和書屋初步有了點知名度，台北教育部一位科員特別打電話來，告訴陳爸有一個「月光天使計畫」，參與者並不限學校，問他是否有意願參加。教育部計畫透過「月光天使計畫」，改善國小孩子夜間在外遊蕩的狀況，因此完全不針對孩子的課業能力，只期盼有一個地點，能讓孩子按時有飯吃，並帶他們做些手工藝等。

秋蓉著手申請計畫，很大膽地送了五、六班，卻受限於公共設施、消防設備的規範，連活動中心都未必能符合條件。「當時我想先寫學校，所以只有美和申請通過。」秋蓉拿到計畫後去找學校教務主任商議，表示孩子已經在學校一整天了，是否可能就直接在社區執行「月光天使計畫」。

當時任美和國小家長委員會長的嚴爸古道熱腸，早已在社區成立巡守隊，嚴爸說：「

若是跟小孩教育有關的我都好說，可是我不知道我要做什麼，可以告訴我，妳打算怎麼做？」理解後，嚴爸大方地把自家的稻埕借給書屋。

該計畫經費相當充足，包括了老師的鐘點費、孩子供餐、雜支等，一份經費居然可以連建和書屋、兩班國中生的餐費都涵蓋其中，「一個人餐費用一個六十五塊錢的便當來算，我們自己煮就不用這種價錢，當時我們請了一個媽媽來做飯，包括國中、大人都有得吃。」

一年後，經費用完，教育部仍希望回到學校去做，這樣最安全。儘管書屋的評鑑成績頗佳，但這類民間社團已無申請資格了。眼看已設立的美和書屋可能會面臨缺糧草得解散的命運，地主嚴爸很憂心說：「這些小孩要怎麼辦？」嚴爸索性在種釋迦的農地上，為書屋蓋了一座鐵皮屋，還撥了一些空地。

但美和書屋挨著廟，小孩都在廟埕玩，大人們覺得這樣喧鬧對神明大不敬，嚴阿嬤每天追著小孩罵。嚴爸看，這樣下去，小孩也沒有地方可以玩，老人家又老是氣沖沖地，乾脆把自家另一片小菜園空出來給小孩玩，也減少了與當地人的衝突。

僅僅保留下的一小片土地上，阿嬤仍然種著菜，偏偏小孩常在那邊打球，一不小心就踐踏了阿嬤的菜園，老人家照常天天數落著小孩，心軟的嚴爸又找了另一片地給阿嬤

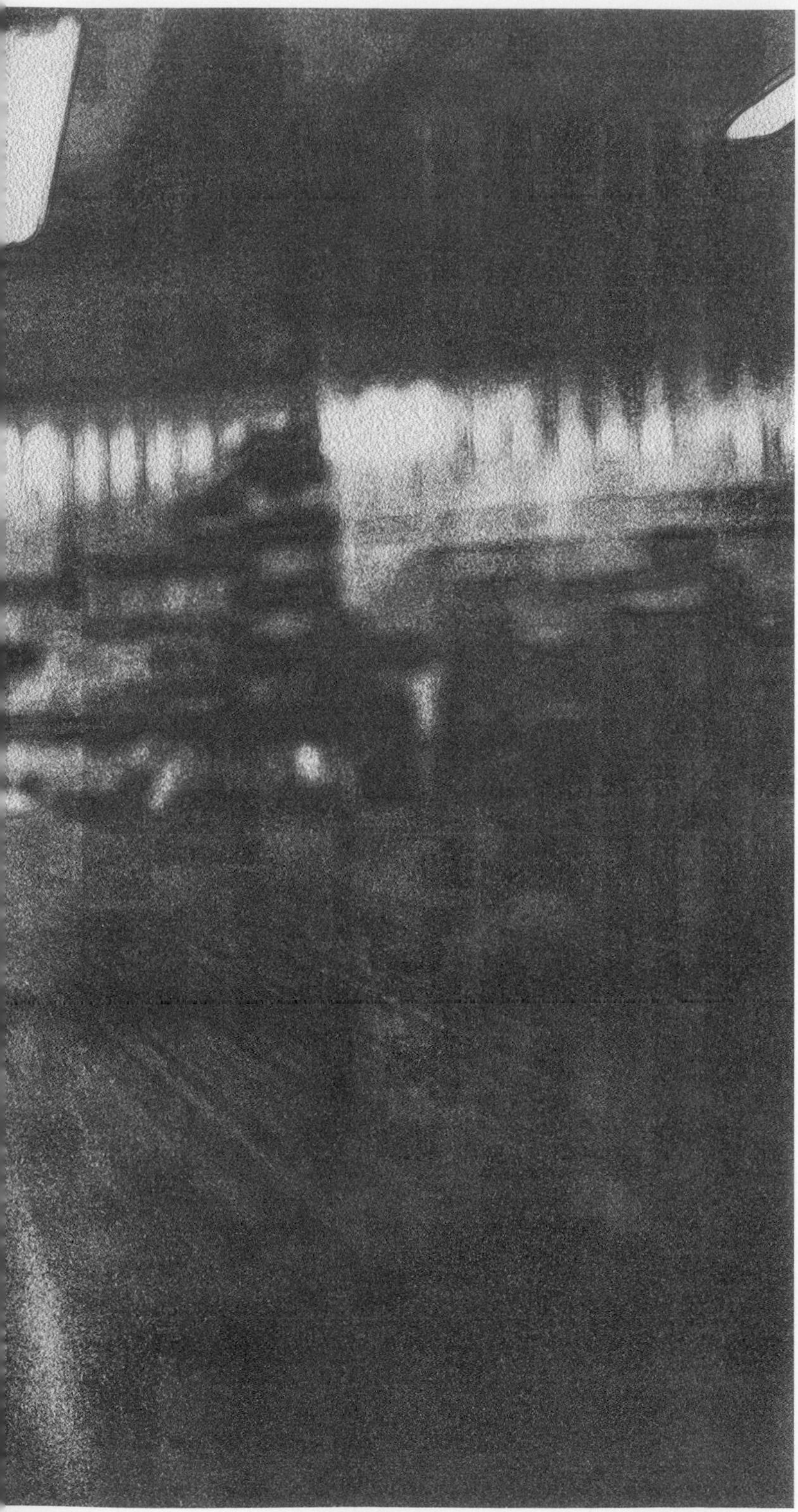

種菜。爾後，因為教室不夠，書屋又花了十八萬多，找人在另外一邊把教室蓋起來。

「我們就這樣慢慢蠶食鯨吞。」秋蓉笑說。

逐漸地，各個社區的書屋成型：惠菁經營溫泉書屋，琳誠管理建農書屋，陳爸留守建

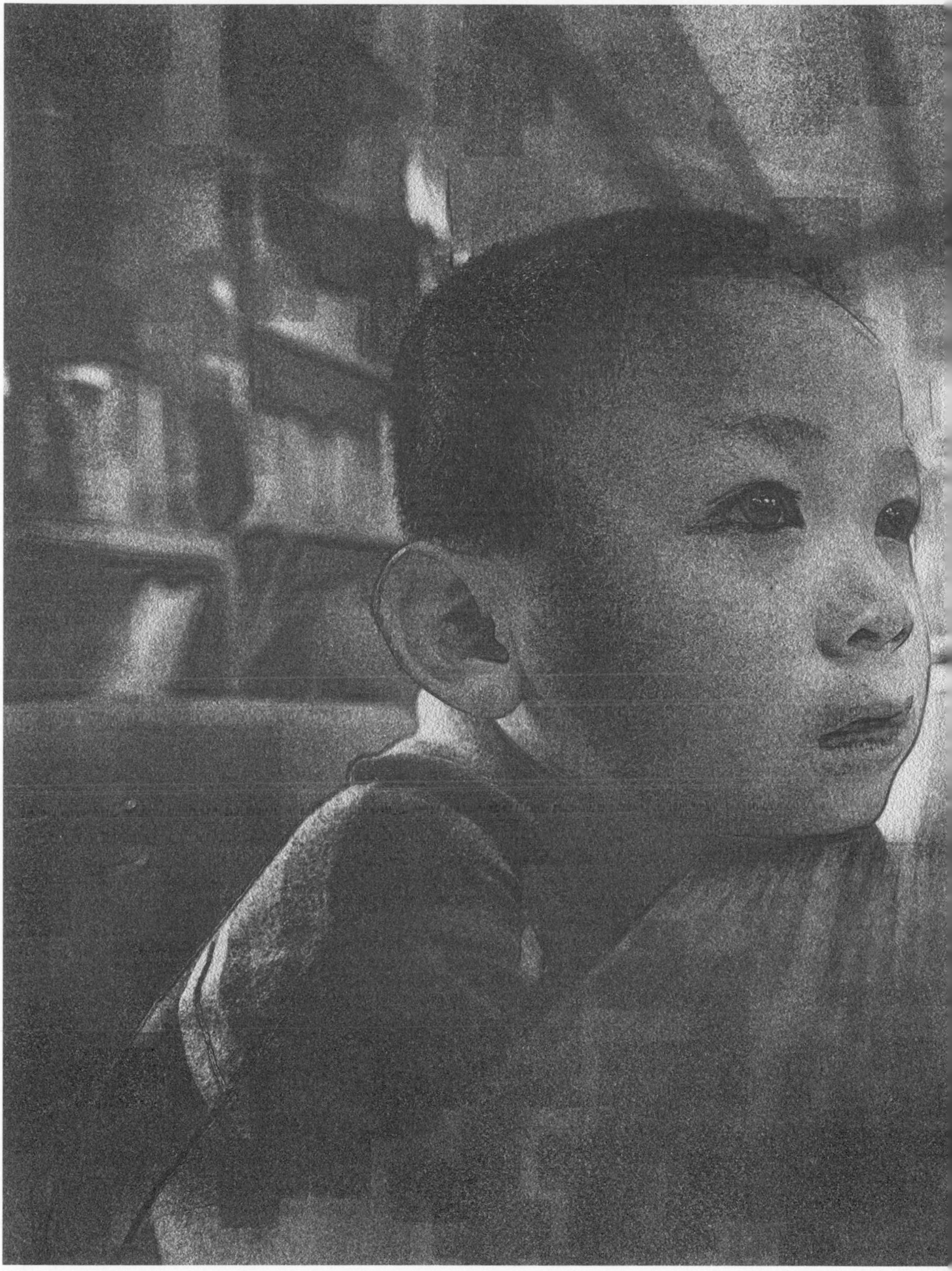

和書屋，秋蓉則帶領美和書屋。隨著時間累積，「為母之心」也在她的生命裡悄悄滋長著。

幾年帶孩子下來，秋蓉彷彿牧羊人都認得她的小羊般，摸透每個孩子的心性。「當初我會留下來有一個主要原因：那時在建和，聽陳爸講那些小孩的故事，我覺得很不可思議。聽到種種家暴性侵，怎麼報章雜誌刊登的新聞好像就在你面前，難道建和是一個被詛咒的社區？」

秋蓉接下以漢人為主的美和社區書屋長，其間還包含一個阿美族的荒野部落，接觸到多位情緒障礙、情緒失控，或有些肢體動作的孩子，狀況不遜於建和社區，更試驗著她的耐心智慧與應變能力。

書屋裡不乏討厭寫功課的孩子，但孩子來書屋，目的在於彌補學校與家庭之間的空缺，而非全然取代。秋蓉不願孩子來這裡有認知錯誤的灰色地帶，而到學校告訴老師：因為自己在書屋做了什麼，所以沒寫功課。秋蓉給孩子一個觀念：「寫功課是自己的事。」她總是半鼓勵半勉強地與孩子約定，至少得在吃晚餐前寫完功課。

秋蓉很擅於運用小孩間互相監督牽制的同儕關係。每天她都翻閱孩子的聯絡簿，當孩子功課沒寫完，她就跟孩子的同班同學說：「今天某某人，我已經提醒他趕快寫功課了。」小孩就會回：「對呀！他都沒寫！」

不寫功課的孩子到學校，常以書屋活動作為藉口，秋蓉則技巧地交待其他小孩跟學校老師說明。因此，只要有人拿書屋為不寫功課的理由，其他小孩就會老實不客氣說：「哪有？昨天秋蓉老師有交待他寫功課，他自己一直不肯寫。」

失意於主流社會的父親藉酒澆愁、酒醉傷孩子的故事，在書屋孩子身上時有所聞。聊起幾個孩子的狀況，秋蓉講得揪心不已。

為了保護常被父親失當行為干擾的閔和（化名），書屋推薦這孩子進入體中住校就讀。從小，只要父親心情低落，夜半就把閔和等三個孩子叫起來大聲訓斥，並責罰他們半蹲；如果父親沒叫他們起來，不敢也不能上床睡覺的。三個孩子長期睡眠不足，情緒失衡，致使孩子藉莫名情慾補償身心的戕害；姊姊閔潔（化名）國中二年級就懷了孕，上學期甫做完月子，年後才重返學校。

閔潔家裡完全沒有能力扶養這小嬰兒，縱使是嬰兒生父那邊，也是一個困窘的家庭，由單親媽媽帶著五個分別從三個不同父親生的小孩，一家生計全靠補助，交回給小爸爸家也對嬰兒無益。

「即使小孩帶回來，也沒能得到好的照顧，你們仍會觸犯法律的。何況你女兒現在還是讀書階段，孩子帶回來，她也不能專心讀書。」秋蓉幾度拜訪閔潔父親，與他溝通，說明事情的嚴重性；書屋並積極著手，希望找到能安置小媽媽初養人輔育嬰兒的單位。

小媽媽做完月子的前一個禮拜，找到了初養人，手續業已辦好，社會局也準備介入；豈知才回來的第二天，嬰兒的戶口居然已辦好，閔父談好條件要把新生兒過繼給小爸爸家，因為對方的阿嬤認為，「再怎樣，自己的小孩不要給別人。」嬰兒給男方養，起初閔父開口要價三萬塊，最後以八千塊成交。「關鍵就在於：那個爸爸就是要錢。」秋蓉透露，這父親老說：「我不可以去工作，去工作就不能領低收入戶補助。」

孩子對性事的早熟在書屋也不足為奇。

「不知道是因為這裡房間太少還是怎樣，我們的小孩談起性事，都講得頭頭是道。」秋蓉常看到孩子們會嘗試模仿；還有因為爸爸在家裡的電腦看A片，小學二年級就看過A片的小孩也大有人在，小孩間互相做動作拿來開玩笑，「既然無法禁止，我就攤開來跟他們討論。」

語言表達能力極佳、詞彙非常多的女孩荷雲（化名），對兩性事的早熟程度令人嘆為觀止。荷雲的媽媽未婚生下她之後，就由阿嬤帶大，關於母親的事，她記得很少；但是，一路上，阿嬤和她男友間的房事，她都看在眼裡。

念四年級時，荷雲開始會用手去摸男生的屁股，或伸腿去撩撥對面的男孩，再以很大人的詞彙回說：「我就覺得他屁股很俏，好想摸一下！」或是：「我看看他有沒有胸肌？」要不然就是：「我不小心的！」

眼見如此，秋蓉乾脆拿了一本談身體發育的兩性書，問荷雲：「妳要不要來跟我們上課？」荷雲回說：「好呀！」她開始以兩性諮詢專家的架勢，在黑板上畫起兩性器官結構，還介紹青春期的變化等等，並說：「結婚以後做『那個事』就會有小孩，所以我們要避孕。」

孩子看A片，秋蓉就說：「我可以跟你們一起看！」小孩反倒倒彈地說：「唉喲！好噁心喔！」秋蓉也不客氣回：「你們明明看過，還說好噁心！」對這些孩子來說，性事可能沒那麼隱諱，她也藉此機會教育，告知孩子：「女生不可以去碰男生身體，男生也不能去碰女生身體。」

對秋蓉來講，與孩子這樣的相處，都是前所未有的生命經驗，其中最震撼的是一個女孩叫她「媽媽」。

這位現已小學六年級的女孩芳庭（化名），小一某天，在建和書屋裡，秋蓉帶他們寫功課，她突然叫秋蓉「媽媽」。當下很錯愕的她，並沒有回應，心裡想：「我如果回，芳庭會不會很錯亂？」百般掙扎下，跑回去問陳爸：「芳庭叫我媽媽，怎麼辦？」陳爸就笑說：「那就讓她叫呀！」

那天，秋蓉和陳爸談了好久，「那時又是一個好大的震撼。」芳庭也是阿嬤帶大，在襁褓時媽媽就跑掉的孩子。她三歲時，爸爸可能是感情受挫，離家走遠洋跑船。

從沒看過媽媽的芳庭，後來知道媽媽其實住的距離並不遠。曾有一回，阿嬤帶著孫女走在大南橋上，媽媽迎面騎著摩托車而來。媽媽沒有叫小孩，小孩也沒有叫媽媽，彼此都知道對方是誰，卻未曾停車暫借問。

「所以她叫我媽媽這件事很震撼我。」對秋蓉來說，「一點點這樣的關係，會讓妳想：我們可不可以幫小孩做點什麼？」這些沒有血緣關係的孩子的事，好像都變成她的事了。

以一個孩子的陪伴者，秋蓉常常帶著芳庭，逢人就介紹說：「她是我的女兒！」其他

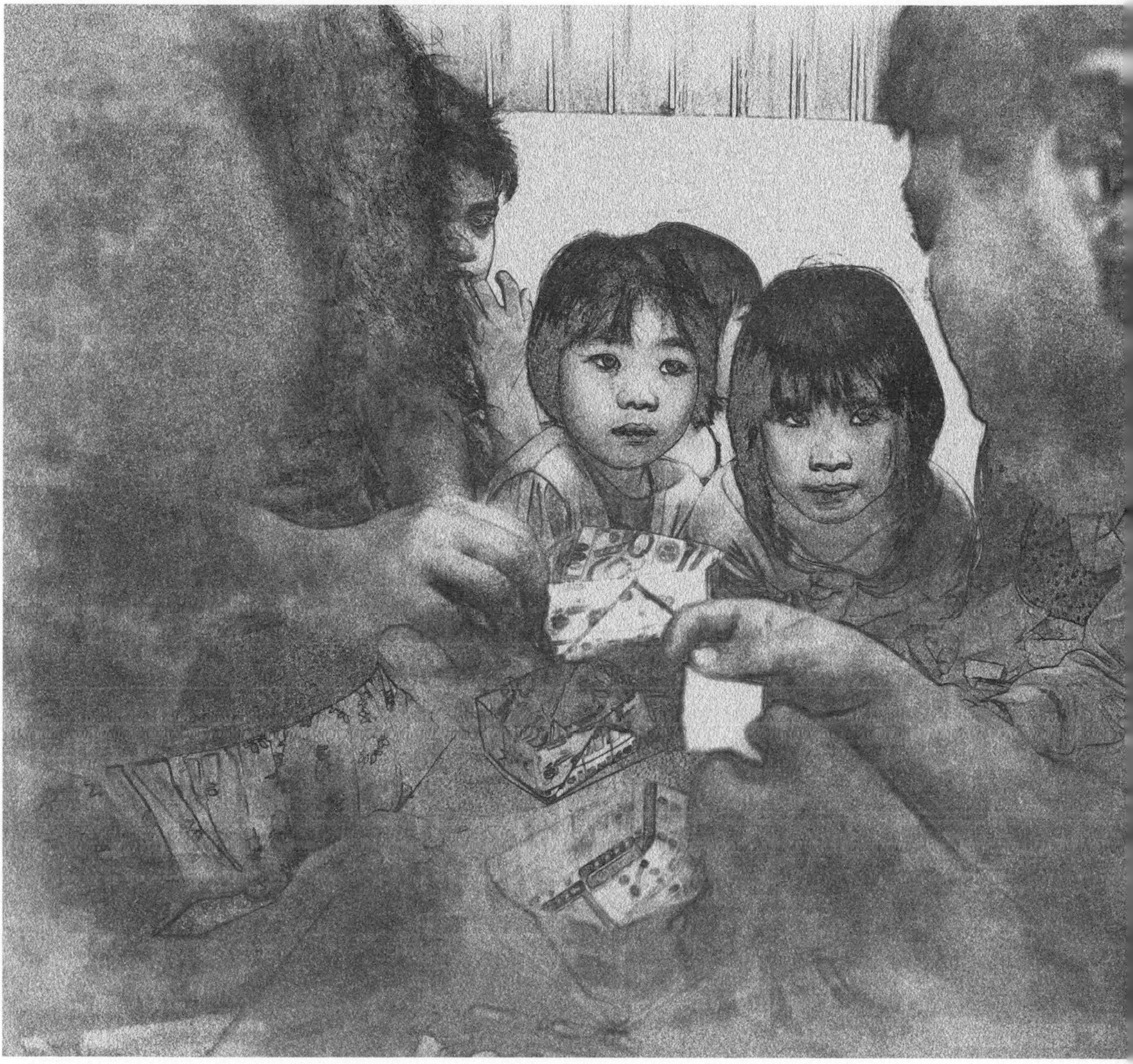

孩子也都覺得很奇怪：「芳庭都叫秋蓉媽媽。」日後，秋蓉轉往美和書屋，起初帶著芳庭一起去，小孩會來問：「秋蓉阿姨，那是妳女兒？」她回說：「是呀！」孩子們就說：「哎喲！不像呢！妳那麼黑，她那麼白！」雖然芳庭因此不願意再跟去，「我只要讓她知道，我們關係是很確認的。」

芳庭的故事還不只被母親拋棄而已。

一直很失志的芳庭爸爸，走遠洋回來後，工作一直很不穩定，要求小孩都得在家，可供他使喚去買酒買菸，結果喝到嚴重貧血住院。才五十出頭的阿嬤雖然很樂觀，但平常又要工作，還要照顧老男朋友、照顧兒子、照顧小孫女。阿嬤採茗葉的工作得早早出門，芳庭也跟著阿嬤，每天凌晨五點多離家，小孫女吃完早餐，就趴在早餐店直睡到七點上學。

因為一個人負擔家計，阿嬤可能壓力很大，晚上免不了會跟部落親戚喝喝酒鬆懈精神，有時可能喝到忘了孫女還在等她，十點多，芳庭就趴在阿嬤摩托車上睡覺。書屋陪伴者不忍見這位在建和書屋很會跳舞的小女孩，繼續過著這樣的生活，遂推薦芳庭進入體中。

進入書屋三年多的日子，秋蓉面臨的轉折甚多。起初她住在建和書屋裡，五個大人合作，書屋夜不閉戶，如果孩子晚上要來，陪伴者隨時都在，「我們認為這空間是屬於孩子的。」但書屋漸漸擴展，五個大人分散到不同社區，建和書屋沒有大人在，開始要鎖門，「我很掙扎，但也很難勉強夥伴，要求他們二十四小時都要在。」

過去，書屋小孩若週末沒有上學，在家裡可能就沒有東西吃，「這時候書屋就要開了，當然你可能投入很多時間。」但後期的老師也有自己的家庭生活要顧，上午要來師訓，晚間八、九點才離開，週末還要帶活動，人人都喊累，「好像很難苛責他們。」

書屋組織也在業務推展的關卡上做了些調整。陳爸所構想的書屋推展藍圖，是能夠照顧社區的老人和小孩，書屋勢必得引進更多人手，招募一批新老師，原來書屋老夥伴則負責其他工作。秋蓉從美和書屋長成為社福督導，但她心心念念的還是每個孩子的狀況，總覺得新進老師對書屋的觀念有所落差，「我自己也沒想過會在這裡這麼久，我這麼投入到底是為了什麼？」

原本把自己設定在來台東寫寫計畫書的角色，可是當看到洪平禮拜五沒人帶他上夜市，芳庭需要一個媽媽，都成了她的牽絆，「我從來不是很會帶小孩的人，那過程我醞釀很久。可是現在老師一來，就被通知要去上課，上課前要備課，被賦予的任務也是老師的任務，要老師跟孩子有那樣的牽絆也很難。」

書屋的工作是難的，但一路走來，秋蓉誠摯地說：「小孩也給我們很多回饋，讓我們這一大群人，擴大自己的境界。」從以前，覺得「把自己事情做好就可以」的台北女孩，現在得維護宿舍，管理種種生活瑣事，「這些事，我在家根本不必做，幹嘛來台東掃廁所？」她心想，也許自已若帶頭把廁所掃乾淨，有天老師們也會感動。書屋小孩衣服穿得很髒時，會不會有天老師們會幫孩子洗衣服，換件乾淨的衣服？啊！走不開啦，真的是走不開啦！

毒海重生的
滄哥

「感謝神！阿門！」慈眉善目的吳金滄，每逢吃飯前，都會帶著書屋的同事先進行謝飯禱告，領受祝福。比同事略略年長些，大家都以「滄哥」稱呼負責總務工作的吳金滄。平日臉上總是掛著一抹微笑，即使年輕卻較資深的同事經常不客氣吐槽他，滄哥也不太以為忤，照常與同事分享自己為人處事的經驗。

別看滄哥總愛說造就人的和言悅語，又見他個頭精幹，就以為他是個尋常角色。任何人要是知道滄哥那「罄竹難書」的「生猛」經歷，只怕會嚇得倒退三、五步。

一九九一年，原籍台北萬華的滄哥，移徙台東，不是為隱居，而是為了戒毒。上有四位相當正常的兄姊，偏偏吳金滄這位屘子特別叫母親與長姊操心。

萬華環境龍蛇混雜，宮廟遍地，秉性貪玩的滄哥唸南門國中一年級時，就常到一些扮七爺、八爺的角頭大哥所把持的宮廟去混，且流連忘返於這些地方幫派設的茶桌上，終於被學校退學。

當時已受洗成為基督徒、比他大十歲的長姊，由於鼻子長期過敏，醫生建議她到比較空曠的地方，禱告之後她決定赴萬里的一所基督教學校——榮恩中學——任教。該校校址十分偏僻，為了拯救么弟，長姊遂把滄哥帶在身邊，一起離開萬華，還擔任他在校的班導師，想從此斷了么弟與黑社會兄弟的聯繫，「那一年是我唯一讀書的一年。」

榮恩中學位於景色絕美的半山腰間，腹地廣邈，設了國中、高中部，老師、校長、工友加起來不及一百個人，後囿於經費不足，滄哥才讀一年，學校就倒了。長姊只好把他轉到也是教會學校的淡江中學。

起初，滄哥住校，一切安然無恙。高三時，申請通學，每天搭火車往返淡水、萬華間，不多時，自然而然又與角頭兄弟連接在一起。

通勤的滄哥再度成為校方的頭痛人物，「我是怎樣畢業的？人家是留校察看，我是留家察看。校方因為怕我去學校會影響到別人，乾脆不讓我到學校；但規定我上課時間要在家裡，只要學校一通電話打來，如果我不在，就被退學了。」

高三那一年，遇上一些吸過毒的、坐過牢剛放出來的「前輩」，基於好奇心，滄哥吸食了海洛英。當兵前，交了一位女朋友，因此讓滄哥減少了吸食毒品的機會。但遭女友「兵變」後，退伍的他，人生開始了最慘澹的黑暗時期。

年方二十歲的滄哥竟開起賭場，兄弟們聽說他又回來了，紛紛來捧場，開始有些收入，他又抖了起來。某天因為感冒，正覺得很累時，朋友打電話約他出去，他回說：「我好像感冒了，不想出去。」這位朋友問他今天有沒有用毒品，滄哥答說沒有，「唉喲！你出來打一針就好了。」被慫恿的他果真出去打一針，「果然就好了。」

「就這樣才真正沾上毒品，」滄哥託出那段不堪回首的過往，「其實你不曉得上癮還好，你曉得上癮後，就真的很難戒。」整整半年間，滄哥不曾斷過毒品，「有一天，我去外縣市沒得吸，那天乾脆用打的。」

毒癮一犯，「像千萬隻螞蟻螫噬著你全身，可是卻抓不到！還失禁撒尿！這種症狀一出來，就挫勒等！」從那時開始，滄哥踏上了十年的不歸路，開始他的「吸食人生」。

起初，滄哥還可以向攤販、店家收一點保護費，「那是地獄！」滄哥好面子，喜歡穿得很體面，外表看起來混得還不錯，沒人知道他吸毒前，「我第一次跟人家借錢時，對方好高興！他覺得我怎麼會向他借錢，所以，跟他借一萬，他居然拿了兩萬。」

但多借幾次，有去無回後，逐漸傳出他吸毒的消息，金援逐一斷了線，「你吸毒人家也看不起你啊！」滄哥轉向家裡索錢，母親覺得很納悶，「賭博也有贏有輸，為什麼都是只借不還？」當母親知道屘子吸毒，整個人晴天霹靂，「她知道吸毒是一條不歸路，兒子這下完蛋了。」

母親為這身陷歧路的小兒子日夜操煩，但在近墨者黑的環境裡，怎麼也無法把他拉出來。狠下心來，母親把滄哥送往日本朋友處，還特地拿走他的護照，攔阻他回台灣。

滄哥在日本待了一年，沒吸毒時，日本友人都奇怪，他的精神為什麼那麼不好？當地友人想替他介紹女朋友，「可以一直住在日本，不要回台灣。其實他們都不曉得我吸毒。」

用心良苦的母親仍沒有讓滄哥徹底戒掉毒品，來回多次，也進過勒戒所。屢戒屢敗，怎樣都無法根除。

為了籲嗎啡，滄哥可以當著母親眼前，把家裡所有有價值的東西拿光光。母親幾度跪在他面前痛哭哀求，「我都不管她，」出去打那一針回來，換滄哥跪母親說：「不會了！這一次不會了。」隔天又來，不斷循環，永遠活在後悔中。

「那時候，原裝的飛利浦刮鬍刀，一把三千多塊，我拿去當，冬天去朋友家、親戚家，跟他們說我很冷，皮衣借我一件，當個一千塊，一千塊就可以打一針了。」

比金子還貴的嗎啡，完全宰制了滄哥，母親把家裡有價值的東西都藏到親戚朋友家；癮一上來走投無路時，他索性向路人行竊，或是去恐嚇人。

竊盜行為讓滄哥身繫囹圄。在牢裡，被良心喚醒的他立下心志，「我用功寫字，並請人家幫我寫在四行紙、稿紙上，我的字很醜，在下面一筆一劃跟著寫。」獄中，他剛好讀到，因類風濕性關節炎坐輪椅，卻創立「伊甸基金會」的杏林子（劉俠）著作，他心中暗自許下，出獄後，「一定要認識她！」

那年二十八歲的滄哥已經比較會想了，在牢裡他虔心起誓：「這回出去，不但不要吸毒，連混都不要跟人家混，不要再讓媽媽傷心了，將來還可以有一個自己的家庭。」

然而，出獄五天又吸了。

算不清楚到底戒過多少次，這回他再也不想戒了。

家中唯一基督徒的大姊，看到《宇宙光》雜誌報導，台灣即將設立專門幫人戒毒的「基督教晨曦會」，於是跟母親商量，把小弟帶去晨曦會。當時還拿香拜拜的母親，眼看已無路可走，不管哪種宗教，只得死馬當活馬醫，任何能讓小兒子徹底戒毒的，才是王道。

晨曦會向來採用過來人去協助戒毒者，有位年少就是跟滄哥一起長大、一起混、一起吸毒、一起進去關的朋友，比他早進入晨曦會，已勒戒成功，「當時，他為我洗澡、為我按摩，正奇怪他怎麼變成另一個人？」這位老友好言說：「阿滄，你可以試著禱告看看。」

戒毒期間完全無法入眠，眼睛從沒闔過一刻，「那時候，老覺得我是在外混混的人，禱告好像很沒面子。但半夜實在輾轉難眠，我起來一個人跪在客廳禱告，哇！真的讓我睡著了耶，第一次經歷上帝！」

在晨曦會眼看就快戒成了，隔不久，後備點召的兵單寄來，但點召要遇到毒友機會甚大，很可能又功虧一簣。放他出去點召前，牧師及教會弟兄為滄哥禱告，「那天回來，我多高興啊！在巷口我就像無敵鐵金剛一樣，那是我得勝的一天！」

點召結束的同一天，晨曦會播放一些特別針對吸毒朋友的詩歌，唱得讓滄哥內心悸動不已；在喜悅的淚水中，過去的畫面一幕接一幕如同播放電影般。

透過生活管理，晨曦會觀察戒毒者的一言一行，重生與否一目了然。吸毒者長期讓人看不起，根本沒有自尊，「太久沒有自尊心了，根本不像一個人。」滄哥說。但在晨曦會裡，「找到知心的朋友，彼此思路都是一樣的，他了解你，知道你經歷過的事，自尊心自然又提起來了。」他徹底認罪悔改、做見證，愈做見證愈有力，「因為是團體生活，如果你生活當中跟自己見證的不一樣，那剛來戒的，還沒有信主的，他就會恥笑你！」

「一九八七年十一月四日，我進去晨曦會，隔年的十月十日受洗。」迄今，滄哥還清晰記得，「稍稍有點冷的秋天，在新店溪行浸水禮。」

台東生活讓他重生，也賜給他一個小六歲的妻子。有一陣子，滄哥一年三次潰瘍出血，住院時，原本就是同教會教友、在醫院擔任檢驗師的妻子特別關心他，彼此開始交往。二十八歲那年暗自許下要成立自己家的心願，終於成真了，結褵後，兩人還攜手一起上神學院。

十三年歲月獻給晨曦會後，滄哥遂想圓滿在獄中想認識劉俠的念頭，轉往伊甸基金會籌辦台東分會，一做就是十年；更因協助成立布農基金會，認識現任書屋督導阿潘，進而介紹認識陳爸。當時書屋甫正式成立協會，仍在草創期間，只有陳爸、阿潘、秋容、阿娘、小山五個人埋首工作，「有時我去洗溫泉，路過書屋，看見陳爸文的武的都做，白天親手釘書架層板，晚上要陪孩子，覺得他繼續這樣做下去，身體早晚會吃不消的。」陳爸和阿潘力邀他一塊打拚，但滄哥認為自己最怕當老師，不敢輕率答應。

未幾，為滄哥牽腸掛肚二十年的母親，因癌末生命走到盡頭，𡙮子悔改後，簡直像撿個孩子回來，老人家欣然受洗，並且唸長青大學直讀到博士，「她一直讀書，生活好快樂哦！我以前每次從台東回台北伊甸總會開會，會在家過一夜；早上要出門去搭捷運，在巷口看著已經快八十歲的媽媽背著包包，然後走路去艋舺教會，那時即便她已得癌症，還是去唸書。」子欲養而親不待，追思先母，滄哥柔聲說：「在病床上，我都覺得還是她在照顧我，我會摸著她的手，儘管她已經沒有辦法講話了，還是會回應我。」

洗心革面的𡙮子送母親走最後一程。照顧母親八個月，滄哥從來沒有做過夢，母親走的那個晚上，卻兩次夢見她走了。因為𡙮子的悔改，讓牽念二十年的老母親沒有遺憾地走，寧靜地闔上了眼，「我姊姊都說，我是媽媽身上的一根刺，如同使徒保羅身上那根刺，什麼時候挪開，性子就挪開了。」

母親的追思禮拜過後，滄哥銷假重返台東伊甸，已沒有職缺，高雄雖有缺，他並不想改調。阿潘跟陳爸也再度提出邀請，「你來就對了，總是有事做。」

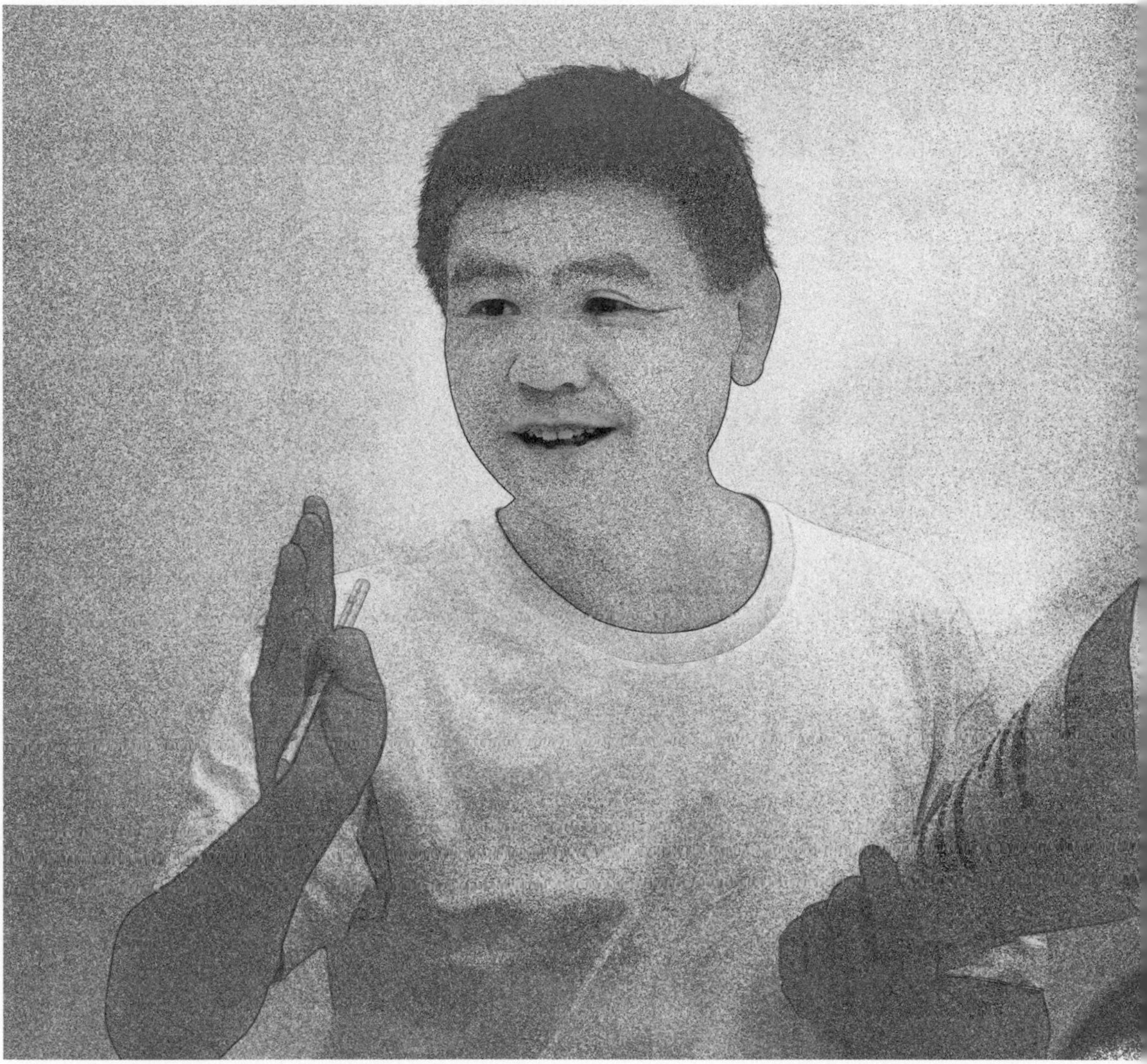

「滄哥，你就從總務開始做起，幫我們整理一些東西，看你可以去教誰。」初進書屋，他打算要先建立好關係，並著手整理規畫書屋的布置。書屋開始設置社福人員，有社福經驗的滄哥還兼社工工作，帶三位社福人員，「我們都是用社區的人，根本就沒有社工背景，有心你就可以做好，否則即使你唸的是相關科系，徒有專業技術卻沒有心，是做不好社福的。」

自認進書屋最難克服的部分就是教書，陳爸也不勉強滄哥，但說：「你知道那些小孩的狀況，做起來就不一樣啊！」陳爸想出一個點子，讓做飯的廚師以及協會辦公室的後勤人員，一定要到書屋前線，了解每個孩子的狀況，一個月必須支援書屋十個小時。在這當中，滄哥會用繪本、power point，講故事給孩子聽，讓孩子聽得津津有味，他自己也很欣慰。

「書屋還有很多事情還沒有完成呢！」已鎖定公益團體為一生志業，若沒有意外，滄哥決定把書屋當作後半輩子持續奉獻的唯一單位，「早期書屋創始夥伴苦過，我都沒有苦過，所以我跟他們說，我是最幸福的人，一進來就有薪水可以領。」

儘管滄哥口口聲聲說自己年紀不小了，但是，「我想要做的、要學習的事還很多。」現在他擔任行政督導角色，很想趕緊建立總務、人事、會計出納的制度；同時，社福雖已交給秋蓉接手，彼此仍會互相支援協助，「原來每個人的原生家庭是那麼重要，太多人酗酒吸毒，我是過來人，出去做社服，至少對方比較不會排斥啦！」

以前也曾有過放蕩人生的陳爸常對滄哥說：「我很羨慕你的工作。」並且總說滄哥，「真是好命，這個好命包含幸福、好運等，他說我信耶穌之後，我做的工作都是自己喜歡做的。」滄哥也自我分析道：「第一點我有熱忱的心，這個工作是我喜歡的；第二點是可以服務人家，可以去幫助別人；第三點還有薪水可以領，太棒了。」

「我竟然可以在這個協會占了一席之地。」梳理進書屋最令他驚喜的部分，滄哥發自內心由衷喜樂，認為自己過去累積下來的人際關係還有與人相處的經驗，能有機會發揮，「講一句比較自誇的話，還真是打遍天下無敵手。」

看過陳爸「用生命跟你拚了」的方式帶孩子，滄哥說：「這樣帶，小朋友真的會感受得出來。」

現在，那些不喜歡讀書的孩子，可以透過射箭、拳擊等參賽得名。滄哥指出：「書屋使許多孩子生命重建，但孩子在書屋被重建後，回家又被打垮。無論如何，至少我們還是不能放棄陪伴孩子。」不能只帶孩子，還要走入社區，與書屋孩子的家長溝通，減少彼此間的拉鋸，才能讓孩子持續被重建起來。

走過荒唐少年時，滄哥認為，沒有一個孩子是無可救藥的，「孩子只是有沒有人陪伴的問題。我從來不放棄任何一個孩子，關鍵在於時間的長短而已。」其中難免有比較需要費心思的孩子，常令社服人員很自責，滄哥反倒勸慰社工同仁說：「人就是人，有一些事情是我們沒法做到的；你們不要拚命投入，太勉強自己，這樣會把自己的信心打垮，有多少能力做多少事。」

現在書屋專職同仁將近五十人，每個人來的目的都不一樣，也有書屋早年被陪伴過的孩子，遠比滄哥「資深」多多，對他未必服氣；更有不同的年齡層、不一樣的專業。管人事的滄哥深知其間差異，陳爸定義的「書屋從農業時代要過渡到工業時代」，各方面都需要耗時間調適。

「滄哥！我來沒多久，好多人對我有敵意！」「因為你都在講別人啊！人家當然對你有敵意呀！」組織一龐大，人與人之間難免有嫌隙，負責人事，時時要處理人與人之間的間隙，滄哥卻像個智者，常苦口婆心、耐著性子喬事情、按捺人，在他眼裡真的「沒有難成的事」，只是把時間交給上帝而已。

祥和的面貌，絲毫未殘留混過的氣質，「以前坐牢時，人家一看就知道，這是在道上混的，很明顯的氣質。」身上還刻著洗刷不掉的刺青，在與妻子往來時，還曾造成一點小困擾，但牧師鼓勵他說：「雖然這是你過去的恥辱，卻是今天榮耀的見證。」

滄哥的吸毒，成為把家人凝聚起來的祝福，那是親身經歷過才能體悟的奇蹟。此生，他以台東為終老之地。少年混跡江湖時，提前終結的童年，讓滄哥更鍾情台東的環境，因為可以讓自己的孩子，享受「非常非常」飽足的童年。

轉大人階段的書屋有時轉得速度極緩慢，甚至還會倒退幾步，但滄哥總是胸懷盼望。走過死蔭幽谷，如今的他也「非常非常飽足」，深信「那靠著加給我力量的，凡事都能做」，人生於他，是「見山又是山」，書屋又何嘗不是？「相信有愛，就有奇蹟」，外人或許不解，但因著母親、長姊、妻子、友人、牧師，太多人的愛，才把滄哥從死裡拔出。「奇蹟於他，不是奇蹟，而是確信的實底。」

遠離虛華的廣告世界

里拉

如果你在台東路上碰到留著一小搓山羊鬍、剃著時髦的髮型、戴著一付圓框眼鏡、穿著六分褲、腳上繫著夾腳拖的里拉，會以為他是打哪個城市來度假的觀光客；但仔細端詳他，一股憤世嫉俗的氣宇，毫無掩飾地寫在臉上。

敘述里拉的故事之前，先談談委內瑞拉前文化部長阿部瑞爾（José Antonio Abreu）的政策。

一九七五年，阿部瑞爾成立了「音樂社會行動組織」（Social Action for Music），並成立西斯德瑪（Sistema）基金會，以招攬貧民窟孩子及街童，給他們學習音樂的機會，遠離毒品與犯罪。基金會於該國廣設音樂學校，其中九成學生都是貧寒子弟。

音樂社會行動組織用音樂改變了社會邊緣的孩子們，原本是完全不可能有機會接觸的古典音樂，扭轉他們的人生。組織志工遍訪委國所有貧窮角落，還進入監獄和觀護所，帶領這些孩子進入各個樂團；而樂團成員中出身貧民窟或街童的比例極高，其中更有過販毒、吸毒、搶劫、偷竊，甚至有曾進出監獄多次紀錄者。樂團給貧窮孩子免費的樂器，並由老師陪伴照顧，讓他們從音樂中得到肯定與喜悅，音樂酣暢了他們原本無望的生命。

這行動剛開始，僅有十一個孩子，現在已有數以萬計的孩子受惠，其中有些人甚至成為了職業演奏家，巡迴全球表演，他們對音樂的熱情感染無數的觀眾。據說曾有一位指揮與他們合作後，讚歎自己從來料想不到，音樂居然可以如此改變孩子的人生。

文化的影響絕非快鍋快炒、短時間就可以看到成效的。但委內瑞拉政府很清楚，文化工作需要漫長且持續的經營，他們不吝根植文化於孩子身上，扭轉了孩子的生命，照亮了令人窒息的黯黑角落。此一文化政策目光放得長遠，不求立竿見影的成效，踏踏實實培育孩子，讓文化大樹能從種子發芽，逐漸向上茁壯。

委內瑞拉用音樂改變被主流社會鄙視的孩子，節省了許多社會成本，這就是里拉再三拿出來談的故事，他想在主流教育之外，找出一條徹底的路，他認為這是書屋該做的，唯其如此，角落邊的孩子才能有真正的機會。但想這樣做，必須要號召感動更多人一起來參與，而非僅止於書屋的四十幾個人而已。

來自澎湖，待過台北的廣告公司，里拉身上仍散發出「與天較量」的討海人氣味。十幾年前，揮別絢麗虛幻的廣告圈，里拉返回前妻的老家屏東，與過去的同事創了旅遊網站，慘淡經營了十年猶未見起色。二〇〇八年，金融海嘯鋪天蓋地淹沒全球經濟，小小的網站生意也備受打擊；同時間，里拉的婚姻也處於僵局中，正鬱悶得找不到出路。

剛好與里拉合作旅遊網站，負責設計的女同事選擇流浪到台東布農族部落「放空」，因緣際會成了布農族的媳婦；這位同事知悉基督教長老教會所設的原社，正徵求陪伴原住民孩子的師資，遂探問事業與婚姻俱陷入泥淖的里拉，是否願意到東部，轉轉心境。

這一來到東部，里拉的自怨自哀完全被「治好」了。

帶著幼稚園大班的女兒暫居台東大橋，先住在朋友山豬還沒整理好的民宿——那是座廢墟般的豬圈。隔年二月里拉就離婚了。

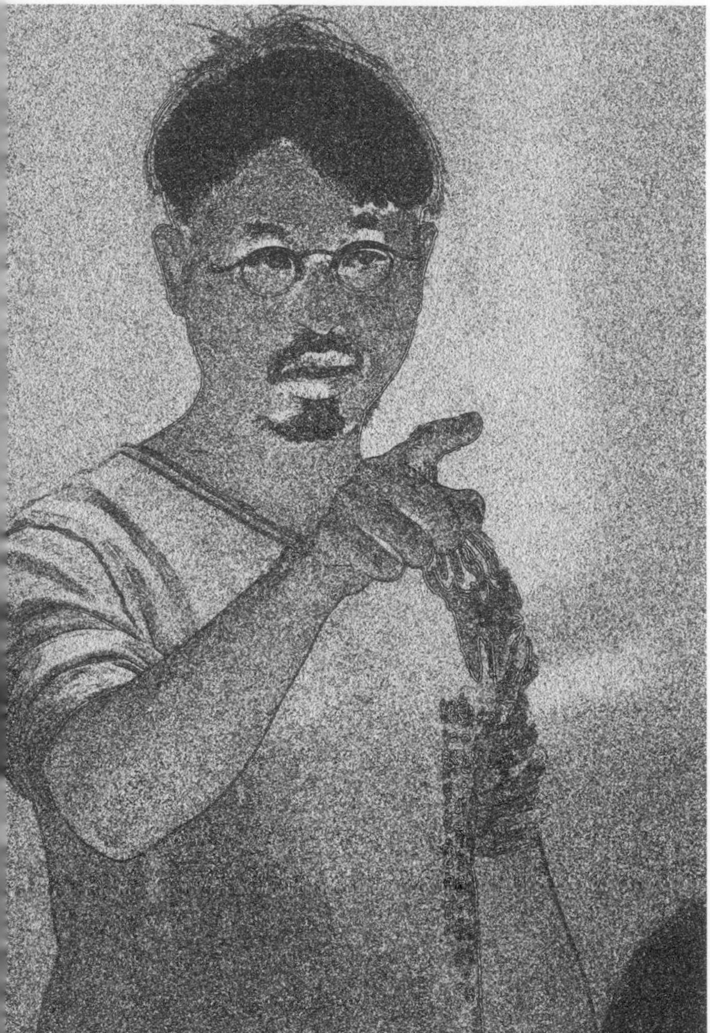

「我來台東時，當時的心情很 LOW，就是人家說的中年危機吧！掉進谷底，對外界的一切都已經不在乎了。」若說台東資源匱乏，那地處台東邊緣地帶的大橋，更是一窮二白，當地孩子的處境，徹底擊破里拉的「自憐」。

從與大橋當地的孩子互動中，里拉才了悟，自己原來是屬於主流社會比較優勢的那一端，他說：「大橋這邊根本沒有家庭功能，有好幾個小孩甚至從來不知道他的爸爸媽媽是誰。」這樣的孩子多半由很遠房的親戚扶養，名為「照顧」，實則「不管」，甚或虐擊身心。這些親戚通常不願意讓小孩被其他家庭撫養，或照顧機構認養，「那些人一定是喝酒、賭博、唱歌的，因為孩子在，他們才可以領救濟金。」里拉表示，這樣處境的小孩有好幾個，「幾乎等於是大人的肉票。」

這些孩子不僅無父無母，其中更有因年輕母親於懷孕期間依然酗酒吸毒，留給孩子們身體各種無法想像的嚴重缺陷，「心臟的、腦部的、呼吸系統的，什麼亞斯伯格症，對他們都已經是小意思了。」這些身體的惡咒，從這些孩子的外觀幾乎看不出來。里拉說：「他們學習上一定是遲緩，在我們這種系統裡面，是非常弱勢的。」

「這些例子以前可能就是一個故事，」對里拉來說，「可是現在是活生生的擺在眼前，就跟我們同一個島呀！」

看到這些小孩的境遇，里拉一肚子氣，「是我早就瘋掉了吧！」「這個世界上怎麼會有這樣的事？」孩子們的不幸，讓他深深觀照自己，「如果說苦，這幾個孩子才真的是！天生下來沒有給他們任何東西，他們這麼苦，可是他們可以這樣子單純，也沒有想很多，就這樣子過；對我來講，其實老天爺已經很對得起我了。」出淤泥而不染的孩子，讓自認「滿腹苦水」的里拉回歸單純，「我們真的是想太多，想要的太多。」

大橋志工老師的經費只維繫了一年。因為做原住民相關工作，里拉認識曾在布農基金會、當時已轉任書屋老師的阿潘，自然也認識了陳爸。「你過來這邊幫陳爸，這邊很需要系統建置（IT）的人，單車也需要人帶。」

但他完全不想做這類工作，「因為不有趣，做完我可能就會離開。」里拉一進書屋，倒是發現很多事都沒有人做，「只要新的東西進來，我就接起來做。」

尤其是二〇一二年下半年的感恩音樂會，原本被賦予擔任音樂部分的負責人，最後因為整個組織都得下去做，「那時候，我就跳出來接，扮演等於是統籌的角色。」

接下音樂會統籌工作，當時，經營台東鐵花村的「台灣好基金會」執行長徐璐，正計畫要培養當地的音樂產業人才，「我有去接觸，喔！太好玩了，書屋可以做音樂產業，對我來講，那是一個完全新的領域，剛好可以學習，又可以一邊規畫音樂會，去年的音樂會對我來講還滿成功的。」

一開始，小朋友只要看到麥克風、舞台就會怕怕，因為書屋夥伴和孩子都不曾碰過，「但就是不能怕，沒碰過就是學而已，就一次一次練。」里拉不諱言說，若以都會區的標準來看，書屋的人力素質與工作能力或許都不足，「大家很想做什麼不一樣的，但卻不知道怎麼做，我跳出來做給大家看，其實不像他們講得那麼困難。」

而里拉進入書屋這三年多，正是組織變化最大的時期。從二〇一二年六月開始，因為照顧的孩子增加到三百多位，要做的工作太多了，書屋逐步擴編成兩倍規模，一個書屋由一位負責人加一位老師，調整為三、四位。

組織調整後，行銷與產業的工作交到里拉手中，他又有另一番思考。

「我必須徹底整理出書屋到底在做什麼，可能先得花上半年、八個月的，否則已經做這麼久了，為什麼人家一直不知道書屋在幹嘛？」里拉認為，書屋從未把自己的核心價值說清楚，「這件事情不是廣告公司或行銷公司可以幫你的，一定要自己來告訴別人，你自己是誰！」里拉認為，如果不把書屋過去做過的事、帶過多少孩子、經過多少轉變，自己一一釐清，「明年、後年還是遇到同樣的麻煩。難道真的每來一個人，你都得重新告訴他書屋怎麼來的、在做什麼嗎？」

儘管書屋組織擴編，但人力還是很吃緊的，現階段很難撥出多餘人力，去爬梳里拉想做的事，他試圖說服陳爸，「這件事的重要性遠遠超過大家的想像，我一直在跟陳爸溝通這觀念。陳爸有在學，但這件事情對他來講，可能不是最重要的，因為他有更急的、更多煩心的事情得做。」

這些年，陳爸經常為了募款，台北、台東兩地飛，里拉強調，「只要徹底完成這件事，一年、兩年、三年或許就有兩萬個人，願意每個月捐三百塊，這事情就解決了啊！那就是一個長期有效的解決辦法！」

但沒有人，沒有資源。在組織變革時，里拉發明一個「變形蟲」組織——只要找到一兩個能力足夠、較關鍵的人，在本身的工作之餘，擠出一點時間來做里拉想做的事。

只是里拉深信，不曾在書屋待過一、兩年，很難體會那親身陪伴孩子的一切，「當我們小孩被酒駕的人撞死，你聽起來或許只是一個新聞事件；但你若親身經歷過，你才會知道這些挫折、掙扎所帶來的真正感覺。」

或許就是這種外人無從理解的外在與內在，撞擊出來那深層的觸動。里拉認為，即便是找一個很厲害的行銷跟公關公司來做，仍是掌握不到的，「因為他們不懂得十三年來你在幹嘛，他們會把你包裝得很華麗、很商業正確。在台北很容易行銷，很容易讓你募到錢，但那就是給你一襲很漂亮的貂皮大衣，那不是你在做的事情。兩年之後你會發現，孩子的書屋和陳爸不見了。」

書屋最可貴的精神就是：一群大人願意放下一切功名利祿，留在所謂的「偏鄉」，陪伴被社會視為「小塵埃」的孩子們，拿自己的生命與孩子之間產生連結，而不是直接給孩子錢。「外界的資源進來，直接給小孩錢，我們會認為這是毒藥，因為中間沒有孩子與陪伴者之間的連結；可是如果把這捐款丟在阿潘身上，因為他原來就有那個連結了，他會把書屋的資源與愛流到那孩子身上。」

接下行銷工作，里拉認為，當務之急就是把書屋的核心精神完整傳達清楚，「如果讓我來選任何工作，我會選當書屋的老師，因為這個工作最核心。對這個世界最有貢獻的絕不是去教孩子，而是老師跟小孩間的連結，那才是非常非常有價值的，也是這個社會需要的！」他一再解釋說。

拿建和書屋老師育純和一位一寫作業就鬼吼鬼叫的孩子的互動來說，對待這生氣的孩子，育純老師把他抱到另外一個房間，跟他講話，講不聽，也不能打他，每天跟這孩子磨，「那一種關係是每一分、每一秒慢慢去磨出來的。」里拉指出，「就是這種連結！」例如有人捐平板電腦 iPad 給台東的孩子，「你直接給孩子絕對沒有用，可是你給這老師，他平常已經跟小孩磨太多了，他知道如何用來幫助孩子。整個孩子的書屋就在做這件事情，但我們的老師卻沒有意識到這件事情有多關鍵。」

在漢人社會的刻板印象中，原住民孩子可能就是很會唱歌、運動很好，「可是在孩子的裡面，其實是有很多匱乏的，老天爺天生就不給他！上帝給的不公平！」里拉幾近嘶吼地說，「任何人只要在書屋待過一、兩年，就能體會出書屋的核心精神與價值！」至於外來的行銷團隊再高竿，沒遇過這樣的小孩，再怎樣都是隔靴搔癢，「就是那

386

404

種西白浪（原住民稱台灣西部來的漢人），怎能了解原住民小孩為什麼會這樣子？你要想想看，他的家庭跟我們的家庭，是一個在天、一個在地呀！」

但書屋這些點點滴滴，是完全看不到的，甚至很難量化，讓外界很快理解，「帶著可能會吸毒，乃至於被黑社會吸收的孩子離開歧路，讓大知本地區黑社會人員減少，這個數字可不可以拿出來講？我覺得那確實一定會減少，一些角頭老大可能招不到人。」里拉深信，就算陳爸把二十幾個本來會被黑社會吸收的孩子留在身邊，「讓孩子沒有機會走錯路，已為社會減少了許多成本！」

對於現在許多扶貧滅貧的組織，耗費資源、疊床架屋，為弱勢孩子做課後輔導，讓他們學校成績前進幾名，甚或可以考上好一點的大學……這種種做法，里拉認為國家已經花了幾十億資源在做了，難道還需要有更多的民間團體，再投入更多資源做同樣的事嗎？「學校很爛，也是我們創造出來的，我們不要再去做學校的事，因為在那個體制裡面，就是有些東西會做不好嘛！並沒有解決教育體制的問題。」

根本上，台東的孩子難以和建中、北一女的都會小孩競爭，這是不爭的事實，「即便你把所有資源投入，勉強擠得進一、兩個，仍有數以萬計的孩子找不到出路。」里拉曾很想做一件事情，就是讓台東的孩子們學寫電腦 CODE，「寫 CODE 是可以不分種族、膚色、男女、年紀，可以解決孩子在學科上的問題，學他本來不可能感興趣的東西。」

像書屋用音樂來帶領孩子，很多音感好的孩子，一開始學吉他和弦彈得很開心，不需要看譜，「我聽聽就會拉，可是當你到了一個程度，就會發現，想要跟這個世界溝通，我們要會學看譜。我要創作曲子，就要會寫譜。」里拉認為，寫 CODE 也是一樣的，起初學寫會覺得很酷，「到一個程度，他就勢必要把英文、數學弄懂，因為他有需求了，他想要了，也必須要。」

彷彿身上長著一根反骨，里拉對台灣的教育有相當多的思維。

他總認為，像書屋這樣協助弱勢孩子的單位，應該打破現在教育體制的僵化，不再只是做學校內的課輔，而是給孩子不同的選擇，「我覺得任何的課輔班，你花再多錢的效果也比不了每天八個小時的學校，何必再去做那件事情？我們已經投入太多的錢與資源，在做學校課業的補強。如果國家的十年教改、二十年教改都已經在做，你就讓他做，因為現實就是這樣。」

「而且做課輔就我們的比例來講，真的是小到一個不行，我不知道要去滿足誰。」里拉相信，給孩子另一個機會才是最根本、可以徹底解決孩子問題癥結之道，「他本來在學校沒有機會，你就弄出一個更好的補習班或課輔單位，讓他擁有失去的機會嗎？

我覺得補再多都是無意義的。可能十萬個只能送進兩個，其他的那九萬九千多人，需要給他另一個東西。就像委內瑞拉，他們在地球另外一端已有過三十幾年的成功囉！這件事情不可能只有陳爸或這四十幾個人來做，一定是整個社會有共同一個目標使命，更多人一起來參與。」

對於已經做了十三年的書屋，里拉主張，應該跟這個世界溝通清楚，這不是陳爸自己一個人的事情，「這一代孩子是台灣人共同的問題，真的要去解決台灣的教育問題，就必須邀請更多社會大眾一起來參與，不是再像封建時代，出現一個行俠仗義的英雄來就可以改變。這個世界已經變了，我們號召幾萬人就可以把這件事情做起來，大家出一點點力量，就可以把這件事情做好。」

這也是多年下來，在具專業背景的志工與社區出身的專職老師之間，陳爸歸納出來的：「不一定要科班的人，甚至是不要科班的，我要的是有使命感的人。」當書屋慢慢浮出水面，要讓這個社會看到並且接受，書屋本身也要做出符合期待的水準。里拉自我期許說：「我們要更多的長進，不只是訓練，而是在心態上，你願意拿出你的使命感來。」

為了給書屋大孩子有一個產業的想像，去學一個真正的技藝，以便在學校畢業後，讓他們能夠順利與社會接軌，陳爸安排帶大孩子去參觀、了解不同的產業，甚至提供工作機會。但里拉認為，應該從學校體制改變，才是釜底抽薪之道，讓學校不再只是聘任師範教育體系培育出來的師資，「你工作到四十歲，有十年工作經驗，才能進高中教學；高中不再只是教物理、化學，你已經有人生經驗了，應該是多元的老師進來，那我們這個教育體制才有辦法去打破、更新、改變，要不然現在永遠都是那一群人在主導教育。」

為了做課後輔導的補救，教育部找了許多優秀的教授，皓首窮經去找各式各樣的方法，以期扭轉弱勢孩子的學習困境。更有不少在教學第一線的老師，發自內心願意去改變弱勢孩子的困境，依然無法撼動僵化的整個大體制，「你還是救不了那一群需要你去救的孩子，因為這個體制沒辦法解決這個問題。」

「真的逆轉小孩的命運，不就是委內瑞拉政府這三十幾年在做的事？」里拉一再拿委內瑞拉為例，讓貧民窟的小孩學小提琴、學音樂，這個國家擁有了逾一百五十個古典樂樂團，「這件事情完全很跳 TONE，原本是上流社會的古典樂，現在變成一個國家的力量！這也是台灣現在可以做的事。」

「即使他學了小提琴，不是往音樂方面發展，可是他跳出來了，他不是什麼都被否定了，他有個地方可去。」里拉覺得書屋最成功之處在於：有一個物理和心靈空間讓孩子去，讓他們還有一個機會。「雖然我不知道他們的機會是什麼，但只要孩子不變壞，成為社會問題，可能就是一個非常非常大的收穫。」

讓弱勢孩子學拉小提琴或其他樂器，所帶來的改變或許不是讓他成為大提琴家、小提琴家，或洛杉磯愛樂團總指揮，里拉心裡繪著一幅光景：「日後他可能還是做水電工，但他陪養很好的休閒、聽得懂古典樂，對他人生將是很好的享受。對這個孩子來講，就是成功了。他的小提琴還是拉得很爛，可是如果文化局邀一位古典樂人師來，他會知道、甚至可以去享受這件事情。他的生活其實已被完全翻轉，他根本不需要毒品、酗酒；他可能還是個水電工，可是他是一個完全不一樣的水電工。」

這正是書屋想要給台東這區域與這群孩子的一個機會。施予不同的教育模式，「未必要是現在的國文、英文、數學，那只是訓練工程師、訓練校長、訓練會考試的人。」

回想自己很會應付考試的童年，里拉總有種遺憾。

從小，他只需要複習幾天，考試就考得不錯，但他真正有興趣的，卻在體制裡被剝奪抹煞，一直無法被滿足。小學時，他就很喜歡寫作，很想參加作文比賽，卻礙於他的字寫很醜，所以痛恨寫毛筆字，「我都不能參加作文比賽，因為老師知道我寫得很慢。」又因為他很會唸書，所以老師仍會讓他去參加其他比賽，「我都是參加朗讀比賽，那個反而是我不拿手的，可是我真正想參加的是作文比賽，我永遠沒有出口。」

到了國中、高中時，里拉還在寫毛筆字，也會試著去寫小說。「我們那時候的國文老師是外省老師，他才不會管這件事對我來講很重要。」到現在，里拉還記得，得到的評語是「文不對題」，且得到很糟糕的分數，「老師上個禮拜出的題目，我花了一個禮拜寫一篇短篇小說，根本沒人理，於是我就被移動，移到去寫程式。」

或許是這種教育體制所造成的遺憾，讓「思想者」里拉不斷反思、不斷理清：「教育到底該怎麼做？書屋到底在做什麼？」

既然是「思想者」，必有其執著乃至於偏執之處，如何把陳爸心中的「書屋之雲膚花貌」撥梳個清楚，沒一條條理清前，里拉還在想：但那是他的使命，也希望成為一百個、一千個、一萬個……台灣成人的使命，那麼「野望」就不僅是「野望」了。彷佛在這當中，我們可以聽到悠揚的琴聲，在每個角落。

既龜毛又直溜溜的食物高手

美智

那素樸的百香果戚風蛋糕，入口馨芳溫潤，酸與甜如行雲流水般在齒頰間散開來，即使是對甜食「相敬如賓」的人，味蕾也會被鼓舞起來，忍不住多吃了一塊，嘴邊還留著清芬的百香果香。

把嬌黃色百香果膏巧妙灌注進糕點的，正是書屋烘焙主廚的美智。

在書屋裡，美智的個性頗獨樹一格。她過去賣簡餐時，鍋子都是亮晶晶的，「我一個禮拜燒一次鍋子。」拿這種標準來要求書屋同仁，常讓人無法忍受，彼此間難免會鬧彆扭。

「妳看看，底下都沒洗到。」這天，中央廚房正在進行晚餐後的清潔打掃工作，同組同事拿著水龍頭沖刷著廚房流理台，只見美智低著頭雙眼一吋吋蒐尋著，一邊嘴巴碎碎唸道，「角落也要洗，不要只洗那看得到的地方！」任何苟且都逃不過她的法眼。

「沒有辦法，我當初管廚房也常很生氣，看不慣就要講。」因為堅持要把事情做好，個性既龜毛又直溜溜地，也不怕得罪人的美智，初來書屋常與夥伴起衝突。有人特別惱火她，索性直接對她說：「美智妳這樣會很顧人怨耶！」這位本是負責中央廚房，現已轉做開發烘焙產品的主廚，也老實不客氣地回嗆：「要做就要做好，這樣讓我顧人怨，也沒法度！青青菜菜要怎麼做事？」

會聘進美智，是陳爸想要恢復社區功能的重要一環。

打一開始接觸這些被家庭、學校放逐的孩子，陳爸就對孩子沒有晚飯吃這件事，從詫異、不解到承擔起來。當這樣的孩子多到三百多位時，陳爸就醞釀要打造一座中央廚房，每天能為這些孩子打點一頓晚餐，讓孩子不至於餓著肚子入夢去。

透過熟人介紹、徵才廣告，不乏資歷顯赫的男性主廚來應徵，美智是眾位應徵者中唯一的女士，「美智開過簡餐店，我一看就覺得對了，就是她。」有著特異「相人術」，

陳爸很快就揣度出對方六、七成背景，他看出美智應該是個受過傷的女性，「自信不足，很容易感到恐慌，很在意自己做得不夠好。」

具烘焙專業的美智，於是接下這中央廚房工作。但要做給上百人吃的食飲該如何進行，美智也沒有太大把握。想想打從搬離婆家起，自己的孩子就沒吃過外面的東西，她心想，「就把它當作是媽媽做給自己孩子吃的那種心情吧！」

當年，從一個在家做手工、無一技之長的家庭主婦，接觸到烘焙，美智心眼都被打開了，她悠遊於發酵箱、烤箱、麵糰之間，腦袋盡想著要怎樣做哪些糕點麵包。

一九八九年，她帶著婚姻所烙印的傷疤，從彰化回到台東。為了養育兩子，也為了興趣，美智考了丙種執照。起初在家裡做糕點給自家與鄰人孩子吃，美智的糕餅很快收買了大家的嘴，訂單開始源源不絕，曾多到得請七個人手才應付得過去。

一身好手藝，讓美智順利進去台東多家知名飯店的甜點廚房工作，在鹿鳴飯店做了五年，是籌備期的創店元老。期間，美智開發了豐醇噴香的土雞蛋布丁，飯店有意量產，她的龜毛性格卻堅持品質，因而與管理階層意見相左；萌生去意的同時，開始考慮是否要去四川的飯店工作，卻因緣巧合被陳爸錄用，成為往後替書屋打理中央廚房的主廚。

那時協會還未找到現址，中央廚房猶是空中樓閣，無從發揮。眼看同事各個忙得不可開交，要強的美智卻常常閒得發慌，心裡很不篤定，自動跟陳爸提說，想去找可以當辦公室兼中央廚房的房子。

到處找呀找呀！經友人介紹，美智來到位於知本青海路處，車子一開進去，桑樹開道；繼而是馬拉巴栗樹、椰子樹、土肉桂間雜排開，一棵掌葉蘋婆樹悠閒伸展；往右邊還有一畦畦菜園，一座簡單的涼亭後有台灣原生蘇鐵樹林。她下車看傻了，那廢棄的豬圈前，居然還有兩窪綠池，有山有水！「就是這裡吧！」美智的心噗噗跳，兩位房東老夫婦似乎也與她特別有緣。陳爸來看，面對著滿山遍綠的肯都爾山，也覺得很舒逸朗闊，由衷喜歡，房東、房客一見面就結緣，當下簽約。

美智滿心的歡喜，著手規畫中央廚房，還邀以前飯店同事淑君也加入。

雖然中央廚房主要功能是做飯給孩子吃，但美智的長才在於烘焙，她大膽建議陳爸說，可以規畫成兼具烘焙功能的廚房。

初來乍到的美智與同事間格格不入，因為凡事講究精準與一絲不苟的細節，又看不順眼孩子的態度，常自己生悶氣。

例如她剛開始教小孩烘焙，一位小六孩子居然叫她：「○妳○××＃！妳給我閉嘴！

」美智整個人怒火中燒，更覺得老師都只知道寵小孩，都沒在教孩子，「那時我被孩子搞得很受傷、很生氣。」

她回家跟兒子邊哭邊說：「你老媽快做不下去了，工作沒把我累垮，我會被那些孩子氣垮！」她更向陳爸抱怨，「怎麼這樣？小孩子受傷，大人還會秀秀他們；大人受傷，誰來秀？大人還不能罵小孩子！」

由於知道美智是虔誠基督徒，陳爸拿《聖經》的話語安慰勸勉她，也試著讓她了解這些孩子的原生家庭狀況，豈料講話向來不轉彎的美智居然回說：「我知道上帝很愛我，可是我不是上帝，還沒有那種包容之心！」

二〇一一年，後援會成員之一的 Jennifer 到書屋同工，美智常載她往返書屋與旅宿處，一路上訴苦分享：「這些老師太寵孩子了！愛他要教他！」Jennifer 反倒勸慰她：「美智，妳可以禱告，交給上帝。」沒有禱告習慣的美智，開始虔心禱告。

逐漸地，像眼睛被擦亮般，美智日益理解這些孩子的原生家庭背景，「來這邊，我發現自己學習很多；沒來之前，雖然我年紀不小，但很不懂事，都用自己的角度來看事情，搞得同事、小孩都不高興。」

很奇妙的，陳爸跟她聊這些孩子的原生家庭狀況，美智也聽得進去了。談到這，她哽咽說：「我也看得很難過，覺得他們很可憐，我能夠陪他們、教他們，是件很好的事情。」現在，每次要上課前，美智就先禱告：「我無法解釋到底是怎樣，那些孩子改變有多大，一般人都無法想像！」

有些孩子平常做錯事情，叫他道歉打死不肯，但有一次美智與書屋老師帶孩子赴高雄，一個從不認錯的孩子居然會跟育純老師道歉：「老師我做錯了！」「連老師都嚇呆了！居然在裡面很認真地做每件事情！」這些孩子的轉變，軟化了美智的態度，逐漸也把這些孩子當作自己的孩子，願意付出關懷。

一位上烘焙課的國三生維兒（化名），媽媽叫她凡事以教會為主，學校和書屋的事其次。某週六，該教會主日，維兒想上烘焙課，媽媽卻要她去教會，母女起了衝突，維兒跑離家，來書屋向美智傾吐委屈。

「妳很幸運，有書屋可以去，媽媽很苦，也沒有人陪她。」這回，美智的態度迥異於過去，耐心對女孩說：「妳離家，媽媽一直打電話來問，她真的很關心妳。」她自己笑說：「不知怎樣，我那次口才變得特別好，還教她為媽媽禱告。」或許是孩子態度先改變，媽媽的態度也不一樣了，還容許女兒跟教會請假，去上烘焙課。美智誠摯地說：「我改變，他們也改變。」

有一回，一位學生文瑩（化名）上烘焙課時，不停打鬧，拿刀戲耍，美智一方面怕她燙到受傷，一方面又會影響別人上課，只好請搗蛋的孩子出去。文瑩出去後，其實很想再回到烘焙教室，不時伸個頭偷偷探一下，身子一點點往裡挪，還以為美智沒看到，一溜煙就溜回教室裡。以前一定會把孩子趕出去的美智，也裝作沒看到，「只要她不影響上課就好。」

像變了個人般，美智放下己見，慢慢敞開自己與孩子的心門，才發現那老是嬉鬧的女孩家中有七個兄弟姊妹，分別來自七個不同的父親，「她談家裡的事，講到哭了，我也陪她哭，他們其實也很無助。」學會同理心的美智，鼓勵孩子把握自己的命運，不要重蹈父母的覆轍，「父母親沒得選擇，別人只能幫助妳，卻不能代替妳走自己的人生。」

與孩子們的關係如冰融般，不過，書屋的夥伴也不時會提醒美智說：「這些孩子們都很會察言觀色的，」但美智肯定地說，「這段時間，我真的看到他們的改變。」

寒假過後，文瑩告訴美智說：「媽媽要我去花蓮唸餐飲學校。」以飯店業過來人，美智力勸這孩子說：「在飯店裡，以妳一個高中建教生是進不了廚房的，只能端盤子、打雜工，那是個大染缸，把持不住就學壞了。」在飯店任職期間，為了怕飯店經理或大廚染指年輕女孩，美智還曾經半夜都把這些女孩叫到自己房間睡。美智勸說這女孩，等到高中畢業較成熟後，再去唸餐飲科，「否則，裡面有些素質差的師傅，會用金錢誘惑妳，漸漸地，妳就沉淪了。」

相較於飯店環境的現實，書屋則很單純，不過美智坦白說：「要進步很困難。」儘管如此，美智認為，自己已經一把年紀了，還能來書屋做自己想做的事，「歡喜做，甘願受。」

還有一件事也徹底改變了美智曾想離去的態度。書屋同仁齊心合力幫她大兒子辦了一場婚宴，如今的美智已然死心塌地把書屋當作自己的家了。

那一場婚宴，如今提起，美智仍不免眼眶泛紅、聲音顫抖，刻骨銘心的感動讓她無法自已。

失敗的婚姻曾傷透她的心，更大的夢魘是幫前夫扛起的一身債務，兩個孩子自讀國中開始就打工。長子成家時，親家要打從女方老家來，媳婦雖很窩心，但美智以女性角度來看，暗自覺得讓媳婦太委屈，她提議：「我們就自己親戚朋友辦個五、六桌好了。」準媳婦也很懂事，知道婆婆手頭無餘裕，卻回說：「媽媽，不要花錢啦！就在我們自家辦一桌就好。」

這位準婆婆心裡著實過意不去，然而礙於經濟能力，只好勉強辦一桌自家人吃吃。美智湊了弟弟、朋友，以及兒子、自己四輛車，還盤算著再找兩輛車去迎娶長媳。

為了張羅長子的婚事，美智向陳爸告假說明，沒想到陳爸竟然說：「那就交給阿娘幫忙處理。」美智一聽，轉身立刻走，淚水再也忍不住汩汩流出……很少有人願意這樣無條件伸出援手，往昔的種種苦楚如潮襲來，歷歷眼前。

農家子弟出生的美智，上有長姊、兩兄長，下有兩位弟弟，七個孩子嗷嗷待哺；低階公務員的父親藉開雜貨店、做農事補貼家用。在父親心目中，幾個兒子們要栽培唸書，但兩個女兒將來都是要嫁人的「外人」，書唸不唸無所謂，卻都得在兩甲地上跟著做農事，直到婚後都還要回娘家幫忙種，一種就是一個多月，搞得夫家經常不高興。耕作之餘，姊妹倆還要看牛，常被鄰家譏諷說她們是「看牛婆」。

女兒要無條件幫娘家，但嫁出去的女兒就一定是「外人」。

打從帶著兩個孩子離婚返回台東，美智三口住娘家，房租得照付，不時還要聽父親念叨；向父親借錢，還得哥哥、弟弟連帶她兩個兒子齊畫押背書，利息照算，父親還說：「妳兩個囝仔若賺錢，就要卡緊還。」到後來，美智再也不願跟父親開口，寧可找朋友借錢。

而在教育界服務的哥嫂，還曾當著兩個兒子面前指著：「那兩個孩子是沒有爸爸的壞小孩。」她愧疚兩個兒子受到這般的歧視，卻只能忍氣吞聲勉勵孩子。

「雖然我娘家家境不是不好，但爸爸重男輕女，兒子要栽培，女兒要嫁別人，就是外人。」美智聲音含淚道。小兒子先結婚，當時美智父親還在世，姿態擺得極高，她只能淚水往肚裡吞。

長子的婚禮在書屋同仁的攜手「監製導演」下，擺了十桌。「司儀、拍照、錄像什麼都有。」兒子這場對美智來講相當「風光」的婚禮，讓她再也沒有「二心」、充滿感恩地以此為家。

這場婚禮，終於讓美智卸除所有芥蒂，心變寬厚且柔軟。不過，美智笑自己本性難移，做事態度一絲不苟絕不改變，仍偶爾惹得同事不爽。

交出中央廚房「大灶」，轉往開發烘焙產品後，有同事對她說：「整個辦公室裡面妳最閒，妳知道嗎？」美智不動氣地回說：「謝謝你，五十個人當中，你最注意、關心我！」她說自己真的變了，以前會跟對方辯到底，「我要做什麼，跟陳爸報備就好，你管別人閒不閒？現在我真的變了，在不同的地方，真的有不同的學習。」

一眼看透的陳爸，其實很了解其中的癥結，他如此評論：「差一點都過不了美智的關，她組了一個『龜毛烘焙大隊』，但她這樣的態度才是正確的，跟她不和的人通常都是做事馬馬虎虎的。」

開簡餐店七、八年間，美智為了試菜，曾有一週吃了二十公斤的肉。現在她還是以這種精神開發糕點。

書屋準備以自家種植的百香果，用來自創糕點品牌，也因此，美智每天忙於調配檸檬汁、或加果膠，調配出比例不同、甜酸度口感全然不同的百香果果醬。只是，書屋計畫中的食品加工廠，因為缺一筆經費，暫時停擺中。

曾有些朋友聽到美智在書屋上班，拿了錢給美智說要捐款，「我才不要拿呢！我又不是經手錢的，要捐你們自己拿捐款單填！」「阿姊，妳真的很龜毛ㄟ！」一位好友的妻子，遞了一把錢要給美智，更讓她心中惱怒得很，「他們那種樣子就是一副有錢給妳還不拿的嘴臉。我面對的是自己人都還這樣，陳爸在外募款有多辛苦，不是我們可以想像的！」

剛烈的美智，終於能體會出陳爸的辛勞與憂慮。

現在的美智自在許多，渾然天成的烘焙才華，讓她遊刃有餘地運用各種食材；像台東盛產的洛神花，她可以做成怎麼都不膩口的手工餅乾；她做的雪餅，被書屋人叫成「貪吃餅乾」，一開始吃就「不可自拔」地一口接一口，不知不覺就吃光一整盒！

而今書屋孩子的每月慶生糕點，都出自她的手中，讓這些缺乏愛的孩子，被那愉悅的甜蜜氣味療慰心靈。而每回到書屋，美智都會泡杯咖啡，端出不一樣的糕點，饗來客以圓潤的甜香、柔綿的美味，那糕點中漾滿著主廚的真心。

「藝術有五種，其中最大的是糕點製作。」一拿破崙的皇后約瑟芬，她的御廚馬利・安東・卡漢姆曾如此說過。書屋未來的產業，美智將是關鍵的創作者之一。也許她沒有顯赫的烘焙知名度，也遠不如都會區的大廚，有著炫目的技術，但自有歷史以來，常民的糕點向來是女性文化的一部分。一個發自內心要讓孩子吃得好的媽媽滋味，又豈會遜於任何大廚手中的作品？

研發書屋的糕點，是美智的自我療癒之旅，是書屋孩子小確幸的盼望；是書屋改造社區的一小步，卻是美智個人的一大步。

枯木逢生的拳擊教練

林明煌

啵！潘振亦一拳重重揮出，陪他練拳的陸軍專校生鼻孔瞬間噴出血來，一旁觀者忍不住驚聲尖叫，只見那大孩子一邊用衛生紙止血，一邊淡定地說：「這是常有的事，小 case 啦！」

在多元教室裡，陪著孩子練拳的林明煌教練曾是失意人，曾因為一口牙都沒了，無法咀嚼，身形瘦到不成個樣，縱使過去有彪炳拳擊戰績，也鮮有人聘他做教練。

告別高雄茄萣老家，林明煌沿著南橫公路流浪到台東，一邊在國中課外活動教拳擊，一邊賣百香果汁維生。遇到陳爸時，連個固定居所都沒有。

始終沒有忘情要組一個拳擊隊的林明煌，跟陳爸聊起那早已被現實淹沒的夢想；此時，正打算給書屋孩子更多活動選擇的陳爸，聽得眼睛都亮起來。對林明煌來說，則彷彿出現一個機會可以拍拍夢想上頭的積塵，一絲可望實現的曙光穿透他的心。

書屋孩子的現實環境之艱難，別說孩子，連大人都可能溺斃其間。但書屋能提供的僅僅是想給孩子多一點選擇機會。以書屋的孩子國中生潘振亦來看，因為他書讀不好，常遭父親痛扁，從不敢正眼看人，老被當作張牙舞爪的小嘍囉，「現在他就有一個重心，他會當小嘍囉就是怕被人家欺負。」後來因參加拳擊隊，表現優異，進而獲得總統盃拳擊比賽第三名。

而今，潘振亦的耀武揚威心態沒有了，別人挑釁，也不輕易回手。一來是他有自信，你不一定打得過他；二來是清楚自己一回擊，別人可能會受傷，反而建立起信心來，過去被歧視的傷也不再痛了。那天，潘振亦還開自己的玩笑說：「原來打架也可以拿來賺錢，真不錯。」

同樣地，著手組書屋拳擊隊的林明煌，從自己過去的失敗糾結中解套，從傷懷的深淵爬了出來。

從高雄縣茄萣國小第八屆畢業，林明煌只唸到初中，眼睜睜看著同學都升學，家境匱乏的他心裡有數，自己壓根沒機會再唸書了；進入社會工作，總想自己跟人家沒得比，但又不服氣地想找件事，輸人不輸陣地證明自己。

二十歲左右，機運金粉突然灑在這從來沒好命過的少年人身上。在高雄碰到一個練拳擊的同事，帶著林明煌進入拳擊堂奧。練拳擊，或許就是讓他能攀爬出卑微生活的繩索。有機運，也要有天分，當年林明煌代表高雄市參加省運，時不時贏得幾座獎盃。當時打拳擊沒有獎金，但體育館一有賽事，幾乎場場客滿，「我們那個年代，台灣其實滿豐盛的，以前打拳擊的人優勢很多，差不多每個縣市都有培養自己的選手。」

二十世紀八〇年代，台灣日趨富裕的同時，昔日的多元機會反而收斂起來。教育主管單位、學校老師、家長打心底就認為：運動員不過是頭腦簡單四肢發達之輩，將來肯定沒出息，打拳擊怎能當飯吃？

待林明煌退伍後，打完第一屆台灣區運會，二十四歲那年就退下來。一個初中畢業生沒啥工作可挑，管你是贏過多少獎盃的運動員，當聚光燈轉開後，就什麼都不是了，誰能保障他們的頭路？林明煌彎下腰桿顧酒店、當大哥保鑣，踏入黑暗路，混跡江湖間。長路迢迢，卻看不清哪條路是自己可走的。

身披流浪衣袍，拳擊，於林明煌，早已兩忘於風塵中。

一九九九年，第一屆全國運動會在桃園舉辦，因為選手上台一定要有教練在旁邊，林明煌以前的一個學生代表高雄市出賽，這學生的父親商請林明煌帶他兒子去參賽，「可能是我比較了解這小孩子的心態吧！」

機會，再度眷顧了林明煌。

在桃園他遇上拳擊界的老前輩林台同，一直鼓勵林明煌要「出來帶，不然拳擊都快沒落了」。老前輩一番話點醒他，心中酸楚苦澀翻攪著，「自己事業無成，一身落魄」，乾脆到台東帶孩子打拳吧！

台東東海國中雖給林明煌帶社團的機會，但月支四千元，幾近義務職；為了餬口，為了實現把台灣業餘拳擊發展成職業拳擊，他接受委任。為了多點收入，很懂果汁配方的他，兼賣起百香果汁來。

或許機運來了，人、事一拍即合，於是怎麼做怎麼對。

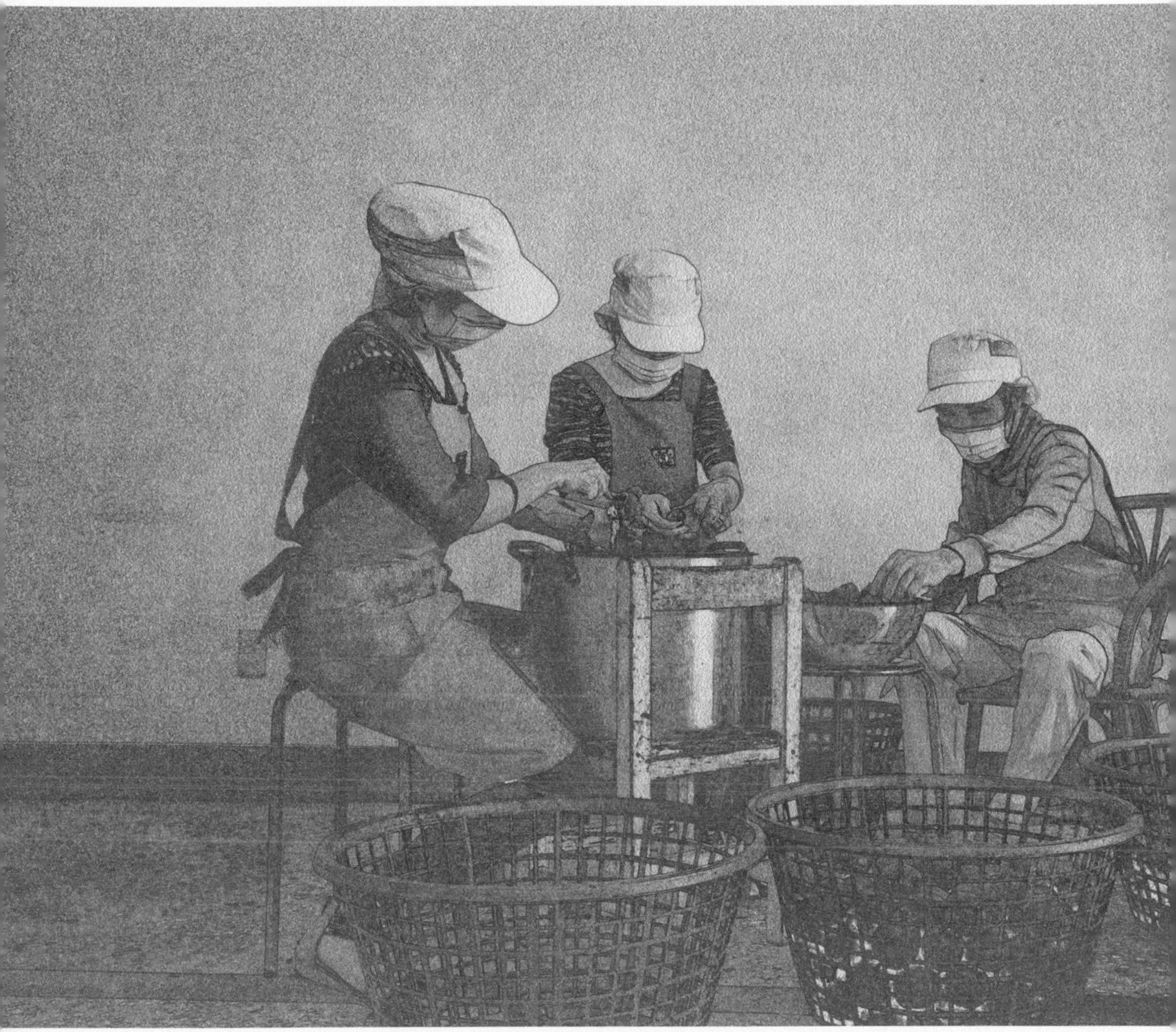

「家樂福文教基金會」長期支持「台東教育發展協會」（即孩子的書屋），曾招待孩子上台北，也讓書屋孩子赴台北市拳擊協會體驗，陳爸當場就認為，此項運動很適合書屋的孩子，「可惜我們台東沒有人能教。」陳爸當時就惋惜地說，現任台北市拳擊協會理事長郭枝來聞言立即說，「我有位朋友正在台東東海國中帶拳擊。」

郭枝來居中聯繫，與林明煌接洽上。

當時，林明煌的生活算是困窘的，書屋也出不起太多學費，「我不注重錢，假如需要錢，我回高雄就好了，幹嘛留在台東？」林明煌跟陳爸提，如果孩子們的時間允許，就乾脆晚上練拳，只要協會有地方可練，他願意過來帶。這促成了書屋多元教室的發展，也給林明煌窘迫的境遇開了一扇窗。

在多元教室現場，看林明煌訓練書屋孩子，原來拳擊不全然是光會打架就可以出類拔萃的。伏地挺身、仰臥起坐、跳繩等暖身的體能動作，絲毫不能含糊。

「過去認為練拳擊的小孩子都喜歡打架，其實不是的。」一邊盯著孩子操練，一邊解釋各種體能動作，林明煌指出，「以前練拳擊有三種人：第一是常被欺負的人；第二是喜歡打架的人；第三是混黑社會的人。因為當時槍少，總不能拿一把刀走在路上，要防止突發狀況，就得靠拳頭。」

這種時代早已過去了，「但練拳的一直被人誤會。」林明煌解釋說，其實現在練拳擊的小孩子都很有禮貌，上全國比賽現場更講究禮節規則。

想打好拳擊，體能與肌耐力其實最重要；也因此，林明煌規定學生，每次的暖身訓練都要毫不馬虎，操練好久，「其實要當一個運動員，你要接受很嚴格的訓練。」而一個國家是否強盛，體育是非常重要的。可惜因為國家的教育政策並未看到這塊，制訂教育政策者都是一流學術殿堂的主事者，體育，僅止於聊備一格的錦上添花而已，並未被認真當一回事。

許多國家的教育都講求智育與體育的平衡，真正功課優異的學生，通常體育也很出色，「看看全世界那些頂尖的運動員，你頭腦不好，怎麼當運動員？你的反應比人家差很多，就不能去比賽。人家打兩拳過來，你要回什麼拳，在零點零幾秒就得瞬間反應！」

一對一打，拳擊是極其個人的運動。打拳擊的人，通常都有很重的英雄主義，而多數小孩子都很喜歡打拳擊。每回有孩子新加入，林明煌都先問孩子，「何謂拳擊？」他試著說明：拳擊是科學、藝術、毅力三要素的結合，「打拳擊，如果練得好，就好像在跳舞，你要有毅力、耐力去打。」儘管自己的拳擊生涯未能竟其功，但他希望讓打拳擊的孩子有一條活路可以走，這也是他全心全意想發展出職業拳擊隊的理由；林明

煌深信，打拳擊的孩子，日後出社會，抗壓性會比任何人都來得高。

真正習武之人不能存驕傲怠忽之心，拳擊手也是如此，否則一上場立刻會反映出來。上回拿第三名的潘振亦，這回退步到第六名，陳爸說：「我早就預期是這樣，因為他開始有點驕矜輕慢了。」林明煌則認為，「他應該是有打贏的實力，但因為我們的體能不好。其實他算第二強，第一回合就七比一贏了，只是耐力不足，輸在第二、三回合。」

輸贏是小事，檢討才能持續前進。「人外有人，今天他為什麼會輸掉比賽，他也知道了。」

除了加強體能與耐力之外，最重要是潘振亦自己必須明白問題究竟何在。林明煌帶孩子練拳擊，重點向來不在輸贏，而是看過程與態度，「比賽態度欠佳的，就算拿到金牌，我寧願不要。」潘振亦已自知缺點在哪裡，並跟陳爸保證，「下一次他可能就會拿金牌回來了。」

秉持著「帶小孩子要帶心」的信念，在林明煌調教下，別人眼中再壞的孩子也學會禮貌。在台東教了十來年，看過多位學生的蛻變，過去被當作不會讀書的孩子，紛紛大學畢業，其中還有人在當老師，這些孩子得空就會來探望教練，「其實不少家長、老師都誤會了，以為打拳擊就是喜歡打架。就算你很喜歡打架，練一練就不會想打了。因為你每天練習就在打了嘛！他根本不會想去外面惹事生非。」

打拳擊，人人都有機會。不論參賽者的體型，一律要過磅，得同一個量級才可以對打：兩公斤、三公斤、四公斤，逐一加上去，各是不同的量級，林明煌認為這是給每個人公平機會的運動。他曾經帶過一位學生，國一時，身高才一四八公分，體重三十一公斤，連蠅量級的三十五公斤都達不到，根本沒資格參賽。但這最瘦小的孩子幾年拳擊練下來，身高將近一九〇，成為打得最出色、腳步最穩健的拳擊手。

帶學校社團多年，最令林明煌懊惱的莫過於：孩子想練，但學校老師禁止。「一般的觀念還是要小孩子讀書，偏偏他就讀不來，你要叫他怎麼讀？」一說到這些自我設限的教育政策，他不免又要搖頭嘆息，「我認為有些教育是失敗的，孩子國中、高中時，不喜歡讀書，你還是可以挑一條路讓他走。」林明煌帶過好多孩子了，這些國中、高中困行於課業的孩子，走到大學階段反倒開始拚功課，「你不要叫他讀，他硬要讀了；換成你叫他不要讀，他愈要讀了。」

孩子心裡想練拳卻練不得，索性自我放棄，痛苦地坐在教室裡，心緒早不知飄往何處。曾有東海國中老師來跟林明煌抱怨說，他在帶的一個拳擊課學生沒有用，上課都不專心，「我回說不專心是你講的，他來到拳擊場，可很專心在練習，他進步很快啊！你要怎麼說？」問題就在「他就是不喜歡坐在那邊讀書」！

儘管林明煌認為讀書非唯一的出路，但是帶孩子打拳時，他仍不時提醒孩子要注意功課，「當然，要改變一個小孩子的個性，不是一天、兩天的，我們又不是神！對小孩子，你要慢慢來。」小孩喜歡打拳，不喜歡讀書，就讓孩子來打，「當然打下去整個心都在拳擊上，絕對不會去關心功課的，」但林明煌仍會把孩子拉回來，「你打拳，功課還是要顧；你讀書，也要運動，身體才不會搞壞，兩方面平衡。」

訓練毫不苟且，林明煌在指導孩子時十分嚴格，但孩子都滿尊敬他的，面對教練也都很誠實，「像潘振亦第一次比賽就很強，他認為自己很厲害；然而這次參賽雖然輸掉了，卻讓他有機會認清一山比一山高的事實。」

初練拳擊的孩子，不少是頗缺乏自信的長期被欺凌者。在多元教室練習場上，一位瘦弱的男孩看來格外特別。

這位弱小的國三生，剛來時都不講話；而今，打得好，進步快，體格變強，還長出一點肌肉，逐漸養出自信，整個人也活潑起來。可惜比賽前一天，騎摩托車跌倒骨折，無法參賽，孩子自責不已，林教練反倒安慰他：「沒關係，發生就發生了，往後還有三年嘛！」

書屋試圖在讀書之外，為這些孩子另覓出路，從小五到高中，栽培出七、八位已可參賽的孩子；對於書屋孩子，林明煌抱持著「能夠救一個算一個」，他不諱言自己年輕時沒有做過什麼好事，對社會也沒貢獻，因為懂得拳擊來到台東，就是希望這個階段能有些微的作為。

對待滿叛逆的學生，他常會講一些社會事給孩子們聽，有的孩子會說：「老師我以後要當流氓！」他反問孩子：「你當流氓有沒有學歷？沒有學歷和腦筋的只配當小的！」他會附和孩子而不一味打壓，「你球拍得愈用力，球彈得愈高，慢慢解釋給孩子聽，其實他們聽得下去！」

林明煌也帶過學生太保，但自從他帶了這學生，孩子也改變了，不僅身體好，功課也進步。像一個台東大學畢業的女孩，國中時跑到海邊抽煙，被學校老師一抓再抓，抓到就又打又罵；林明煌幾度跟女孩好好聊抽菸的事。這女孩子日後考進台東大學，畢業那一天，跑來說要請教練吃飯，「教練，別看我這樣，我唸大學四年，每一年都全班第一名。」

訓練並陪伴孩子，林明煌體認出，孩子通常不怕老師也不怕家長，但是他就怕一個運動教練，「他們有崇拜的心理，因為那是他想要做的事情；這個人可以做得很好，他自然會尊重。」豐富的社會閱歷，比起在校園象牙塔裡的老師，自然更具吸引力。

此刻，生命的意義對於已在江湖走一圈的林明煌，或許就是：讓一些不被珍愛或被誤導的年輕靈魂有寄託的重心，這樣，人生應該無憾了吧！

浪子回頭經典款

亨傑

「亨傑！你能不能教我寫這題？」

「亨傑！我今天考得很高喲！」

溫泉書屋孩子口中的「亨傑」，現在擔任溫泉書屋長。

每天早晨，他都會坐進由書屋督導阿潘帶領的詩歌行伍中，跟著哼唱。

看似溫和、好好先生般的普通中年男子，實際上，亨傑的故事堪稱書屋同仁中的「經典款」。二十年來，遊晃在台北、台東老家知本兩地，曾經被家人棄絕，高堂老父被他氣得屢屢要斷絕父子關係，一看到亨傑就伸手作勢要搥打他。

這是亨傑二度回鍋擔任書屋老師的工作。一年前他以「台北那邊薪水比較高」的理由，辭掉他做了半年的書屋老師。因為負債累累，他跟陳爸說：「我要去台北賺大錢！」陳爸老實不客氣回他：「上天不會給一個不能誠實面對自己的人賺大錢的機會！」

不知是真的被陳爸說中了，還是運氣欠佳，亨傑的朋友邀他一起做 GPS 追蹤器外銷，這家公司負責設計、生產並製造，盤算賣到國外去，利潤較高。到了去年底，公司一直不見起色，「應該也是很不景氣啦！十一個員工只剩四個。」

再混下去也混不出個名堂來，亨傑只好收拾行囊，低頭回知本，這回打定不再心存妄想，要在書屋好好做下去。對於亨傑的來去，問起陳爸為何願意再用他，「他就像我的弟弟一樣，如果願意真心改變，應該給他機會。」陳爸要求亨傑要跟家人修復關係，特別要取得老父的原諒，一層層剝開自己的過去，打自心底反省，才能誠誠實實走下去。

亨傑老家賣菜，父母開菜車梭巡台東鄉鎮間。亨傑原本是個單純愛玩的東部孩子，從讀大學時就負笈台北，心性浮躁的他一下栽進「大染缸」，哪裡拒絕得了這誘惑多多的花花世界？開始混跡聲色場所，換過無數工作，都水土不服；他絲毫不願一步一腳印累積，老想著一步登天海撈一票，卻搞得一身債務，錢借到人人怕他，只好用消費貸款當起「卡奴」，也因為承擔不起債務壓力，差點想自殺。

這些壞習慣像雪球般愈滾愈大，在台北已走投無路，黯然回到台東，時不時對從事美容工作的妻子大發怒氣；妻子一度對亨傑死了心，兄弟姐妹也無法諒解他的不負責任，一家人分隔台東、台北兩地，家也不成家了。

前年，亨傑返回台東的一座溫泉飯店工作，又覺得很沒勁。本性溫和的他其實很喜歡跟小孩玩，正好看到書屋在徵社區人士來擔任全職老師，亨傑抱著試試看的心態應徵；他唯一的教學經驗就是，十二、三年前在台北做電腦業務員時，在石牌國中擔任三年的義工老師。

形容自己過去是那種「吃喝嫖賭，很匪類」的亨傑，曾幾度有意洗心革面。他在台北上過生命成長課程，「稍微看見自己」，也在石牌教會受了洗；但走過最晦澀階段的他，還沒體會到「人的盡頭，是上帝的起頭」這句話的真意，卻在陪伴這些生命處境迥異於一般人的小孩當中，自己的心境開始徹底改變！

初受洗時，因為接觸到比較正向的人事物，亨傑願意多付出一點愛，他自己也覺得還滿愉快的。但他不諱言，「一開始還是做得不習慣，那種付出都是比較浮面，好像沒有自己的付出，而是人家告訴我們說要付出才會做的。」但進入書屋，不知不覺會發自內心地付出。

也許是從這些不健全家庭的孩子身上燭照了自身，亨傑省視自己，雖成長於很正常的家庭，卻因為部分觀念的偏差，又沒人適時指點，才陷入不可自拔的厄境。他認為當時的自己就是：「外界告訴我們，你應該如何，你應該去工作，你要好好讀書，你要娶妻生子，完全沒有自我啦！好像是沒有靈魂的機器人。」

儘管書屋小孩僅有少數家庭較健全，但亨傑都認為他們很純真可愛，只要從小給他們一些正確觀念，譬如：「每個人都需要認識自己、做自己，從自己出發，然後再去分享，去愛人。」孩子們讓亨傑真的體悟了「愛鄰人如同愛自己」道理，「要先會愛自己，愛自己才會愛別人。」

浸溺於聲色犬馬多年，亨傑回首才知道，他最大的問題在於：從來不知道自己要什麼，像艘無舵的船茫然航行，「孩子必須要確認他要的是什麼，全力以赴，然後勇敢挑戰。」

書屋薪水微薄，亨傑每個月的薪水還得被扣部分款項以清償卡債，但比起看似賺錢較多的台北，在台東幾乎沒有花費。而且這回他踏實了，「我發覺自己這幾十年來做事的一些弱點，譬如因為做業務，都光說不練。」

帶孩子騎單車，亨傑往往是最後一名，「小孩子都騎得比我快啊！」他告訴自己：「來書屋，就是跟小孩子一起學習，一起成長；不是我在帶他們，是他們陪我學習成長。」

每次騎最後，小孩都會群起開亨傑的玩笑，他也藉機跟孩子分享，「老師覺得最後一名沒關係，只是確認我要騎腳踏車，我就會全力以赴去練習，然後去挑戰。」他還進一步引導說：「比如說學校成績最後一名，沒關係啊！要看接下來你是不是會全力以赴，要不要去求進步。」

亨傑的兒子唸幼稚園時，正好是他受洗時，他開始帶著兒子，與兒子分享：「要了解自己的心，認識上帝，還要勇敢做自己。」並試著讓小孩自己決定一些事情，「剛開始時還不習慣呢！」像亨傑帶兒子去便利超商買東西，當小孩來問說：「爸爸，我可以買這個嗎？」他常常忘記自己打算讓孩子做決定，劈頭就否定：「不行！」說到這，亨傑憨憨地笑著，「其實就算買錯，也要讓小孩買一次。」

在積極改變的過程中，家人與他之間的隔閡慢慢卸除，亨傑慶幸自己及時回頭參與過孩子的成長。現在兒子高二了，讀書很自動，父子之間很麻吉，「玩也是全力以赴，考試前玩電動，我也給他按讚！」這十年來，亨傑發現親身去帶兒子的經驗：「喲，還滿好用的，就跟小孩子分享嘛！」

兩度進出書屋，亨傑的心態也大不同。上一回雖知道該如何做，但情緒仍不免偶爾失控，當小孩的某一些行為讓他不悅，還是會失控大聲罵小孩。這回，他覺得自己比較成熟了，幾乎不曾動怒過，「除非涉及安全問題，例如過馬路慢慢走，我會罵人。」他先跟孩子打預防針：「其他事如果我生氣罵你們，你們指出來，我會跟你對不起。」不要求孩子要以師生上下關係相處，也不喜歡被孩子叫「老師」，孩子都直呼他的名字，亨傑跟孩子之間很快就拉近距離。有一個很喜歡打電話、上網咖的國中生丰偉（化名），討厭上學也不寫功課，也不肯來書屋，亨傑卻以兄弟朋友般看待丰偉，「來當我的助教嘛！我很需要你呢！」丰偉頓時覺得自己很被需要。

現在丰偉也願意來書屋，一個多月居然僅缺席過一次，當起亨傑的英語小助教，還會說：「唉喲！我終於知道 girl 怎麼寫了。」再如亨傑上英文課教到：「Did you like our classroom？」丰偉還會站出來解釋說：「our 就是我們的啦！」不知不覺間融進來一起學習。

有些人會責問丰偉：「你為什麼都不去學校？」亨傑反倒說：「你很勇敢，因為很多

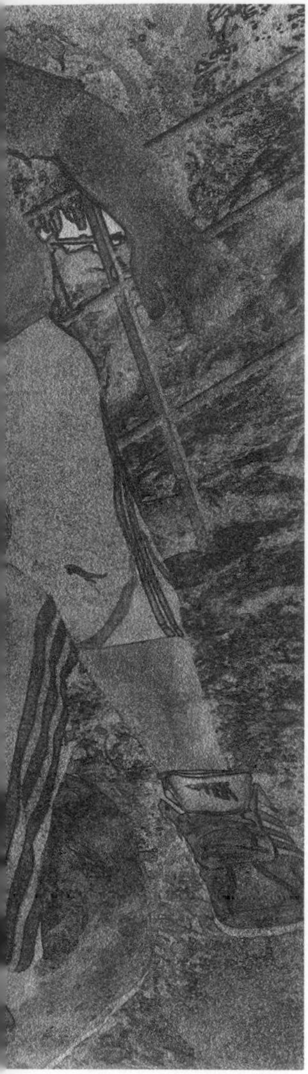

人要求你做不喜歡做的事，你敢挑戰權威不去學校。」亨傑深信任何事情都有好的一面，你看他是寶，他就看重自己；你讓他覺得自己是勇敢的，他會願意接受挑戰也重承諾。像一群國中生要來幫忙整理書屋，丰偉第一個到，這些事亨傑看在眼裡，「我都會把他點出來，別人認為你不好，但我覺得你真的很棒，你又勇敢，又重承諾。」

亨傑這次回來後，先把幾位國中生叫來烤肉，建立感情，然後再引導他們學習，繼而主動學習，按部就班把這群不喜歡學校教育方式的孩子導正。他不太會去干涉主流價值的道德禮節品德，像這些孩子群聚學抽菸、泡網咖，學校老師會去抓，「很多人是從批判他的行為開始，但我是從先跟他建立關係開始，他所有行為，我全部都接受。」彼此間的互動。

在他的班裡面，孩子比較敢表現出真正的樣子。譬如國中生抽菸，大人制止，就不在大人面前抽，而是躲在後面抽；亨傑認為，制止其實並沒改掉這行為，反而是切斷了

看A片、打手槍，幾乎是每個國中男生必經的洗禮，這些國中男孩也願意跟亨傑敞開談。有一名本來打拳擊的國中生提到，他不想再去打拳擊，卻一直在書屋嚷嚷：「真的好無聊呀！」亨傑趁機問，「你有沒有想要什麼？」國中生表示想畫畫，而且要畫一年，這孩子就真的開始畫，每天交一張給亨傑，「我說這不是我逼你，這是你要的，我幫助你達成自己要的。」

書屋的小小孩家裡狀況不完整者居多，陪伴的書屋老師都理解孩子行為有所偏差，必定其來有自。尤其是小小孩們滿口三字經屢見不鮮，有一次，亨傑乾脆讓他們開一個罵人大會，現場只見孩子們互相飆，互相罵，罵來罵去，亨傑則把他們脫口而出的罵人詞彙一一寫在黑板上，「讓他們一口氣罵個過癮，以後就沒有那麼常講粗口了。」

如今的亨傑說得少、做得多，做給孩子們看，孩子拿了東西不說謝謝，他也不以為意，「我對他好，有一天他很自然地跟我說，『亨傑，謝謝。』我覺得好感動。」

「過去我的種種荒誕行為，我們的上帝就全都接受了，何況是這些小孩子？」亨傑微笑道。他始終堅信，只要接受與包容，孩子該改變的時機到來，自然會改變。「像我，上帝要用我時，該改變的時候，我就會改變了。」

九歲喪母的叛逆種子

阿潘

以晨操來喚醒員工一天抖擻的精神，是不少組織的做法，但孩子的書屋則是以唱詩歌來甦醒每一天。書屋同仁可以自由參加，無論你是信奉哪種宗教，詩歌都像一道靈藥，撫慰這些帶領許許多多受傷孩子的大人們。而大家暱稱「阿潘」的王計潘與太太麗文，就負責每日早晨的詩歌領唱。

也屬於自我放逐來到書屋的阿潘，厭倦了台北生活的汲汲營營與人際擠壓，毅然辭掉廣告公司的平面設計工作，返回中興新村老家，與哥哥合開了音樂書坊；但他仍然覺得，「還是太擁擠、太擠壓了。」於是十五年前，往東台灣滌靜自己的身心靈。

本來就喜歡看人類學、讀很多原住民資料，阿潘初到台東的下賓朗，先接台東縣政府的案子，著手做原住民音樂調查，進入原鄉了解原住民生態，才真正懂得原住民的處境與狀況。接著，他轉換到有「生子醫院」別號的聖母醫院工作，裡頭的多數老員工幾乎都是原住民，自此，與原住民結下不解之緣。接著更在從事書屋工作時，由每個受傷的孩子身上看到自己生命的真正破口。

儘管已經四十好幾了，面對自己，阿潘一直在療癒九歲那年所留下的生命破口，因此，他必須誠實地面對自己，否則破口會不定時跑出來作祟，翻攪表面無波的日子。

少年時的叛逆，讓阿潘成為家裡的異數。

庶出的阿潘，父親是一般的公務員，對子女所有的教導，都是遵循一般家庭要求子女好好去考公務員；上有兩姊一兄，也都循著正常路子走，唯有排行老么的阿潘叛逆到成為父親的心頭痛，「現在我再回想起來，應該就是在我九歲時，我媽的過世所造成的。」

小學三年級時，「我都還記得被阿嬤帶到我媽媽的床上，因為她要走了、要嚥氣了。對我來講是很難忘的，之所以難忘，不在於你傷心她要離開這件事，而是你對那件事情的記憶很不好，又鮮明又模糊。」阿潘掏挖自己說：「你知道在老家那個場景，但你已完全忘記你的反應是什麼；說自己的反應是痛哭一場，或怎麼樣幫媽媽，那都還有一份治療。可是又鮮明又模糊的東西讓你捉摸不到，所以那個東西一直都在，我們的孩子心裡面，這種東西太多了。」

母親辭世後，儘管姊姊給阿潘完全的愛，包容這位同父異母的么弟，滿足他對愛的需求，但未能適時化解母親臨走一刻那難以捉摸的感覺——摻雜著自責惱怒，說不清的怨恨、傷害一直留著，「對我的整個成長影響很大，我一直很叛逆，叛逆就是要去找到這個答案。」因為介入父親婚姻的母親過世時，沒有大人教導他如何看待這件事，「我只認為我就一定是全天下最倒楣的小孩了。」

有一個書屋的孩子是遺腹子，媽媽懷孕時，爸爸就走了，這孩子從沒看過爸爸，阿潘將心比心說，「那一定是他心裡一個很大的洞。他就叫我『爸爸』，有段時間我們都帶他回家，住在我們家，他心裡頭一定有很多東西，是我們碰觸不到的，我覺得那個東西應該只有神可以解決。」

因為走過，所以能夠同理，阿潘用自己的生命待這些孩子，好希望能讓他們不要被那種說不出的感覺，跟自己賭氣一輩子。

陪伴孩子，或許也是阿潘自我療癒的一段路程。他直言自己不喜歡當書屋督導，仍保留一些時間讓自己可以在書屋陪伴孩子，「對我來說，這是我的根本，如果說完全做行政職，我會受不了，因為這不是我要的，也會嚴重影響到我帶書屋老師；一旦完全脫離第一線，無法理解他們遇到的困難，我講的話將會碰觸不到書屋老師的需求。」

聊起孩子所帶給他的，「我覺得是施比受有福。孩子們教育我的，遠遠超過我能夠教他們的；孩子讓我回到一個更單純的狀態，就像《聖經》講的『回到伊甸園般的單純』，神造的原初的，可以幫助我看到複雜的自己。」阿潘從孩子身上映照出曾經單一純淨的自己，促使他努力卸除掉複雜的的價值觀與動機，不再用自己的喜怒情緒去帶孩子，「我覺得慢慢回到一個單純的我，就是最大的肯定。」

每個孩子複雜與逆行的背後，都有一些大人所賦予他們的不堪，在書屋，這樣的例子不勝枚舉。

書屋孩子正在學習烏克麗麗，阿潘幫助其中一個孩子存錢，打算買一把烏克麗麗。但他上教會時，錢被另外一個孩子方文（匿名）偷走了，妹妹方恩（匿名）跑來告訴阿潘，自己哥哥偷錢的事。阿潘與妻子麗文夫妻倆，去方文家裡拿回錢來，妹妹就被吸毒的爸媽臭罵一頓。

隔了一天，這個把東西據為己有的方文來到書屋，「我本來會以為他不敢來，因為他怕爸爸如果知道這件事，會被修理。」

「潘叔，跟你講個事情。」這孩子靠近他突然說。

「你要悔改是不是？」阿潘問。

「嗯！」方文回說。阿潘帶著方文到外面去講，方文開始解釋自己是怎麼樣拿到這個錢，為何第一天要來沒有來，第二天才來。

「我相信你是個好孩子。」阿潘只能這樣講。

「這個孩子都沒有早餐吃的。爸爸坐過牢，媽媽應該也有吸毒，好吃懶做，三個孩子根本沒有早餐吃。」於是書屋老師把錢放在社區早餐店，讓方文這大哥可以帶兩個弟弟妹妹去吃早餐。

這三個孩子都很有音樂天分，音樂會還上台打鼓。「這種把別人東西占為己有的狀況發生後，孩子通常會不敢來；依照我們的經驗，他會消失至少一個禮拜，但這孩子卻主動找我講，而不是我去問他。」

若書屋老師未曾累積與孩子的關係，一旦跟孩子關係不夠，孩子不信賴你，縱使發生

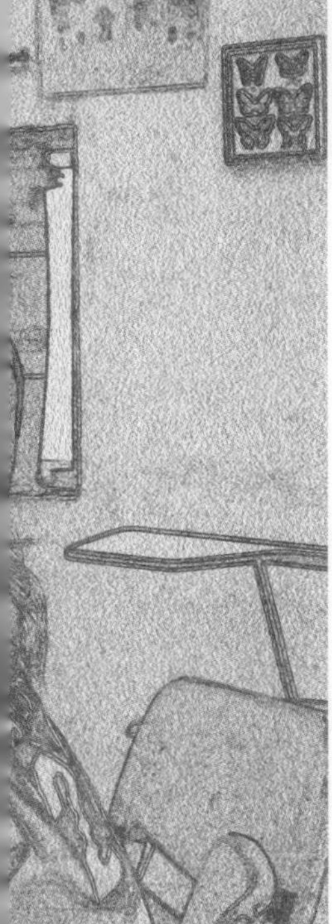

這些偏差行為，也不可能直接找阿潘說。「有之前的關係，他相信阿潘叔叔是愛他的，就願意跟我講，我講的他願意聽，雖然他不一定可以馬上改。」阿潘進一步說明。

其實書屋老師最辛苦的是，一直長期跟孩子培養感情，「我說孩子幫助我變得比較單純，那種感情是不容造假的。你抱孩子的感情是真或假？你抱他是敷衍了事，還是真心抱了他？」

如果書屋大人都跟每個孩子們建立這種關係，當他做出偏差行為時，阿潘說：「也許當下他不會改，但我的話他一定聽得進去；也許一年後他就改掉，就不再說謊。因為他知道阿潘叔叔相信他，因為他知道，他即使說謊，阿潘叔叔還是愛他，但是我會告訴他說這樣不太好。」

這種長期建立的關係幾乎沒有任何關係可以取代，但這些孩子的父母、學校老師，不可能像書屋大人這樣對待他們，「我們變成是唯一可以把這個孩子從這種偏差行為拉回的力量。我就一直拉著你，所以你再怎麼跑，還是知道這邊有一個老師是愛著你的，老師願意幫助你。這個力量才是關鍵。」這也才會出現：小孩子被阿潘罵一頓，卻會

走過來說「阿潘叔抱抱」的畫面。

還有一位小六生，只要是遇到老師形象的大人，他眼睛就不敢正面看，阿潘說：「我就只好個別帶著他，讓他知道，我不是像之前對待他的老師那種形象，我們可以一起來學習。」

書屋最可貴的是生命改變生命。不僅僅是大人的生命去改變孩子的生命，而是一個善的循環，「這是根本與核心，否則你只是一個教育、教導的人，這不是我們在書屋要做的事。」

也許書屋的大人比一般人更能夠了解孩子愛的需求，但阿潘認為，「孩子心靈上很多的缺失，不是我們完全可以醫治、可以改變的。」

做一個快累垮的基督徒，阿潘每天上午師訓前，與願意參與的同事一起唱詩歌，「很多東西，你就只能求神醫治，我們看不到的東西祂都清楚，我把孩子帶到神的面前，求神醫治。」

阿潘在帶領孩子途中，解開他個人生命癥結的答案；孩子的初心一點一滴撫慰這九歲失母的中年人。生命的循環很多時候就是這麼奧妙。

當年，阿潘轉往布農部落的「布農文教基金會」，一待四年多。其間，阿潘受洗成為基督徒，也認識了陳爸。過去他在布農部落時，也幫孩子做夜間課輔，「我也是這樣子到處去抓小孩，所以我們很有共同的話題。」又因為陳爸比他大半歲，彼此間對台灣有相同的記憶，氣味又接近的兩人很快就熟稔起來。

二○○八年，阿潘與下賓朗的姑娘麗文結婚；同年，他把工作也辭了，重回自己的教會「普悠瑪教會」。阿潘開始帶孩子課後時段，「那時候並沒有想過，書屋的具體規模到底是什麼，單純地各憑自己的努力去做。」

當時，陳爸都靠一己之力照顧孩子，完全沒有政府經費。很會寫計畫書的阿潘，開始指點陳爸如何申請一些經費，也由學校、社區、家庭聯合攜手照顧孩子的課輔開始，拿到針對國中生的「攜手計畫」以及國小生的「月光天使計畫」。儘管這些計畫的鐘點費仍很拮据，陳爸和阿潘終於敢慢慢地聘用起老師，書屋開始進入一個較常態的教學領域。

二○○九年計畫結束，經費用完之後，阿潘與陳爸頗有共識地認為，與其各自做，分散力量，何不連結起來？「我併過來跟陳爸，兩人閉關討論出很多教案、未來發展方向等；現在我們在做的計畫一直沒有偏離當時所討論的，不管外在環境是否開始比較關注我們，但陳爸都沒有變，依然很堅持。」彼此討論出書屋具體明確的方向，並立下準則，「如果做不到這些，可能我們帶孩子的品質會大打折扣。」阿潘透露，「我們要求書屋一定要有穩定的空間，一定要供餐，這是我們對於要成立書屋最基本的要求。」日後的建隆書屋、美和書屋、溫泉書屋，都遵循這些條件設立。

而為了要登記立案，請孩子取了「孩子的書屋」的名稱，小孩把名稱寫在看板，並且用鐵絲綁在電線桿上，書屋型態終於有了雛形。

但沒有了政府經費繼續支持，陳爸的二姊不忍見弟弟傾家蕩產，還賠上婚姻，自己上網抓了很多資料，不顧陳爸的反對，自行做一個簡報檔，透過網路寄出去，打動了無數人，接到許多的迴響，並開始有小額捐款進來。陳爸原本反對二姊用悲情訴求，當時姊弟間弄得有點擰，「如果不是因為我二姊後來懶得跟我再對捐款帳號，以致於帳號寫錯，可能捐款會有三倍以上。」那時候，捐款電話一通接一通，二〇一〇年終於敢聘用正式的同仁。

如今書屋同仁已擴增到近五十人，龐大的人事經費，好幾度發不出督導們的薪水來，對於人力是否過多這問題，阿潘從另一個角度來看說：「我見識到太多外地來的朋友，想協助台東這些弱勢孩子，有些教授所做的其實是隔靴搔癢。」每天和孩子磨蹭的阿潘看到的是，外來者完全進不去當地的文化生態，「你無法了解孩子為什麼會這樣？一旦你失去愛心與耐心，就變成是指責。」看太多了，書屋很不希望這種狀況一再發生，「反而是一個反教育而不是教育孩子。」

因為種種因素，聘任不起從北部來的高學歷人員，書屋決定從社區裡面培養；但台東的客觀環境畢竟人才嚴重不足，「這培養耗費太多的時間，因為社區本來就人少，基本條件就不足，所以要去找到這樣的人，培養起來困難重重。」

目前書屋所有收入來源都靠募款，但募款是被動的，很難去算計並且做計畫。為了設置可以長期營運、屬於自己的生產事業單位，以挹注書屋未來目標所需的經費，書屋組織與人力因此做了大幅調整：阿潘被調整成書屋督導一職，而各個書屋過去的負責人，也被賦予各自的新任務。

作為書屋督導，阿潘仍非常倚重這些熟門熟路的老夥伴，「對我來講，他們就是書屋背後的最大力量，因為他們社區混太熟了。他們從小看大這些小孩，對於每個孩子所經過的成長過程和家庭狀況都清清楚楚的，這不是新任老師可以補足、可以處理得來的。」

過去的書屋一直以社區為主，但書屋老師在教學時，遭遇最大困難就是：孩子程度差太多，成績最前端與最後端的往往會被忽略。今年為了解決孩子程度差異的問題，將各個書屋裡的小學高年級生，五、六年級的孩子抽到溫泉書屋，另行成立一個小高班。再加上接納國中生的多元書屋，「書屋是我們最根本的，你不能把它變成是一個才藝班。」

原有六個書屋，加上新增的小高班、多元書屋以及嘉義的兩個，總共已有十個書屋，陳爸和阿潘一直計畫將書屋教材變成事業，卻只聞樓梯聲，無暇發展。

二〇〇九年，原本就計畫投入教材事業，因為教學經驗最多的仍是花了五、六年時間去鑽研的陳爸，只要可以把這套教材做出來，將來就有銷售的機會。阿潘舉例說：「譬如說宋朝的中國版圖，如何用動畫，可以變成元代的版圖，再改變成明代的版圖；若能用 3D 來呈現出其中變化，才能吸引孩子，否則就是一個很呆板的地圖，對孩子一點吸引力也沒有。孩子就喜歡動。」

講到世界的洋流怎麼流，阿潘構想的是做一個立體的 3D，「只要按一個鍵，水就這樣：咻！可以清楚看到水流以及下面的斷層、海底板塊。」這些教學輔具都需要技術支援，「但我們卻沒有專業技術。」阿潘認為，也許博物館是可以做到的，「但博物館對我們來講，造價又太高啦！」

同樣的，書屋這幾年發展出的國中數學教學法，絲毫不遜於坊間的國中數學名師的教學，「如何把教材變成我們的孩子可以很容易理解、而且是活用的教材？一定是操作性的，不是那種寫在白板上的定理，譬如說：三角形的構造，兩邊大於第三邊，兩邊差一定小於第三邊……一定得有些操作去解，否則孩子就死背啊！」這不僅僅需要極大的開發成本，「還難在你必須精熟整個國中三年的數學，而且要有很豐富的教學經驗，才會知道孩子的問題點在那裡。」這些都是書屋在開發教具、教材時遇到的最大困難。

即使有3D的技術，願意與書屋配合雙方合作，但幾位熟手老師仍得抽空去編輯教材；書屋目前要求每位老師，盡可能避免用學校課本，必須採用自己的教案進行教學，「用學校課本教孩子，孩子已經不懂了，你又拿來教，孩子一看到就會不舒服，很難打到痛點。」光是陳爸手上就有十幾個版本，每個老師也在做，阿潘自己也做，卻礙於抽不出完整的時間專注地把精髓盤點出來，整理成系統。即使有3D專業人員願意合作，依然端不出牛肉來。

書屋的老師和工作人員，永遠都處在「不斷解決問題」或「應付事情該如何處理」的忙碌漩渦裡，每個人都像陀螺般不斷轉呀轉呀，以致於生活品質都陷入缺乏休息的惡性循環中。負責總務的滄哥就憂心地說：「核心夥伴們除了書屋，都沒有自己了。長久耗損下去，一定會身心都垮掉。」阿潘就是典型例子，睡眠品質一直無法改善。

每逢做教案或是解數學時，「腦袋一直想說：這個數學要怎麼解？我明天才有辦法去教孩子啊！可能我用第一種方式解釋，孩子聽不懂；我就要趕快再想第二種方式讓他懂，腦袋就一直在轉這個東西。陳爸也是會這樣。」腦袋不停轉動，書屋的老夥伴們經常在轉場，「趕著去睡覺，趕著起床。」

陳爸和阿潘長期睡眠不足，連睡覺時腦袋都在想書屋的狀況，讓夥伴們都很替他們憂慮。

當初阿潘在布農部落擔任社福人員，由於該園區的休憩產業在假日最忙碌，而平日也有些客人，一年只能休七天，阿潘的付出跟獲得早已不成比例，歷經四年多就把自己全然耗盡，不得不選擇離開。阿潘發現自己的生活中沒有一件事情是與書屋無關的，很怕又重蹈當初離開布農部落的覆轍，「我想的都跟書屋有關，我還要有時間跟自己對話，那對我很重要，如果沒有，可能早就跑掉了，可是我又沒有別的時間，就變晚睡啦！」

四 園丁

陳爸

從第一個三年沒吃過晚餐的小童開始，陳爸家的庭院漸漸聚集了許許多多被家庭、學校放逐的孩子，
從教吉他開始，研發出科技整合的教材，做課後輔導；設置中央廚房，讓孩子有晚飯吃；
帶孩子騎單車、打球、練樂器等。十三年過去，今天有三百多個孩子在書屋的陪伴下成長。
書屋孩子，個個都是陳爸的心頭肉，他如數家珍般聊起被他陪伴過的孩子們的故事。
陳爸說起話來慢條斯理，胸中自有定見，即便在書屋一路走來，父母不解、妻子仳離。起初，
或許是他的自我救贖，他扛起書屋這局；到後來，他怎麼也放不下這些孩子，幾乎已內化成為他生命的基調了。
當一個孩子被十五個孩子打死、一個以前並肩混的老友的獨生女被酒駕醉客撞死，失去了兩個書屋的孩子，
看盡人性黑暗面，他說：「我從來沒有想過不放棄的。」每天起床他都得自問：「今天我要怎樣走下去？」
但他心知肚明，唯有持續下去，才能開出繁花；這基業只能一磚一瓦往上堆疊，
才有機會創造出，食自耕、衣自織、屋自建、車自造，孩子自己教育的幸福莊園。

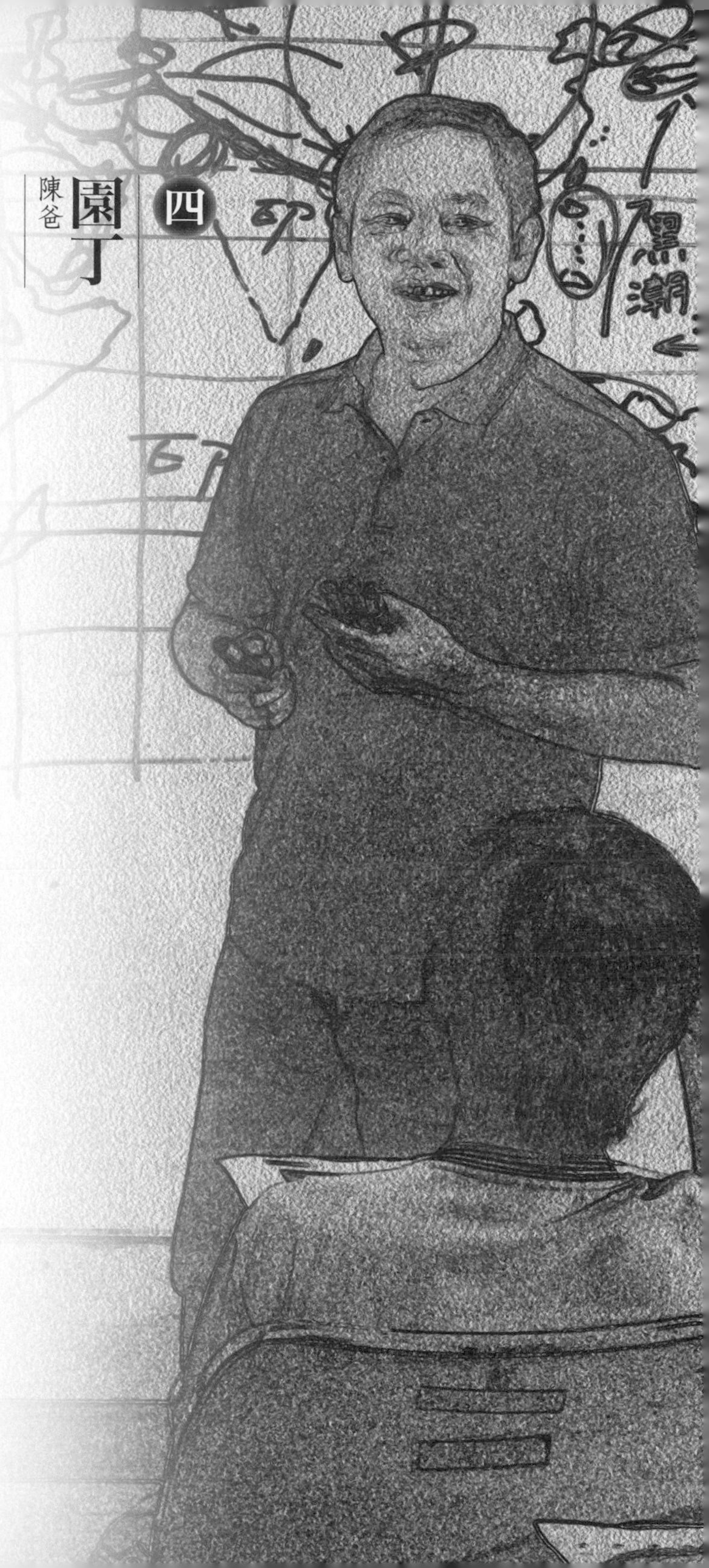

四

園丁 陳爸

曾在江湖煙花中打滾的陳爸

身著米白色立領外套，快步穿越馬路而來，黝黑的臉微微有些疲態，一雙大眼仍然矍爍，看到人立即浮出笑意。這位身量不算高的中年男士——陳俊朗，自幼習武，曾在江湖煙花中打滾，儘管遠離多年，依然掩不住阿沙力的「會家子」豪氣。

書屋大孩子視為「最高精神指標」的陳俊朗，這十三年來，被孩子冠以「陳爸」名號。為了自己創立的「台東縣教育發展協會」，也就是「孩子的書屋」，這幾年，三不五時要殺到台北，只為了替協會籌措經費，到處演講、接受訪談；台東、台北、台中幾邊跑，有任何募款的機會都親力親為，只為了讓書屋未來的理想能一步步達陣。米白色立領外套正是他到台北「跑攤見客」的「制服」。

十三年前，棄下風風火火的行當，撩進去陪伴被家庭、學校放逐的孩子這義務工作，陳爸從未想過，自己這些年的命運會和孩子們牢牢綁在一起。他因書屋孩子而喜、而歡、而悲、而泣、而惱、而怒，沒有一分一秒腦中想的不是書屋，終於快把自己的精神與身體耗到極致了。

書屋從照顧幾個孩子到現在已有三百多個孩子，十三年來全然重譜了陳爸的生命基調，「這麼多孩子，我覺得是我的責任。但老實說，我真的很煩很膩，每天都天人交戰。」陳爸透露，自己每天早晨上廁所時第一件事情就是：「坐著花十分鐘好好想想，今天的我要怎麼做下去？」

當年，考上私立大學，但因為哥哥是唸台大的，陳爸認為私校太遜，索性拒絕上大學。在台北打過各式各樣的工，還做過送報生，也開過花店、咖啡店。返回台東後，陳爸經營過各類特種行業，還曾是台東地區最大的Ａ片盤商；因為生意行當往來龍蛇混雜，在家裡排行老么、卻很有老大風範的陳俊朗儼然道上大哥，手下帶著大大小小圍事，打打殺殺場面時有所聞，也在其中讓他看盡人性最醜陋、最偽善的一面。

江湖事之餘，還有家務事。陳爸的兩個男孩子逐漸成長，他返回建和老家，本來就是打算陪伴兒子們；對音樂、繪畫很有天分的陳爸用吉他來引導兒子，重新補綴父子間的隔閡，扮演起過去常缺席的父親角色。

有一天，在自家院子裡，清暢的吉他聲吸引了一個孩子站在外探頭駐足。為人四海的陳爸邀請這怯生生的孩子──小童（化名）進來庭院加入他們。

晚飯時刻，父子三人打算吃麵去，順道邀了小童一道去。父子三人習慣吃第二碗，陳爸隨口問小童：「要不要再來一碗？」遲疑了一下，小童也要了第二碗麵，一口一口咻咻地扒完。豈料才要起身離開麵店，小童「哇」的一聲，把剛吃的東西全部吐出來。陳爸一問，才知道這孩子已經三年不曾吃過晚飯了。

陳家院落的吉他聲逐漸吸引更多像小童這樣的孩子前來，這些孩子總是訥訥地問陳爸說：「你可以教我彈吉他嗎？」孩子愈兜愈多，陳爸也發現，其中多數孩子都是家不成家、學校也懶得管的孩子，激發起陳爸那大哥想照顧人的義氣；孩子們的事逐漸變成他的事了，陪孩子彈吉他、教孩子不會作的功課、跟孩子打球，書屋也開始有了輪廓。

「帶一個孩子沒感覺，當你可以挽救兩百個孩子，你的力量就變很強了。」這些孩子

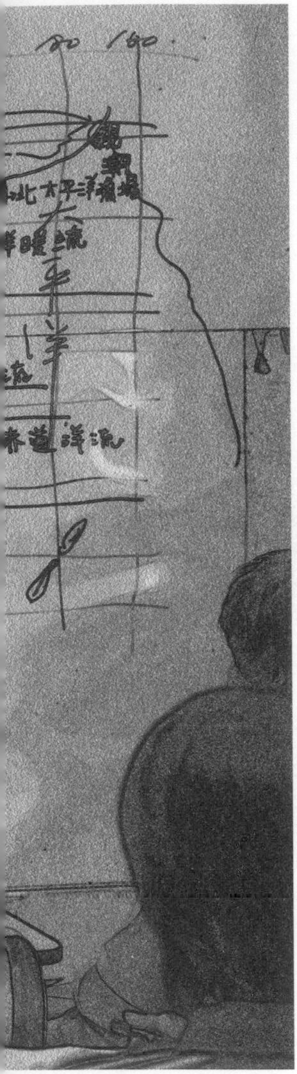

背後免不了都有不堪的大人算計、泡製等種種人性黑暗面；然而，相較於在生意場上看慣成人世界的偽善，缺乏資源的孩子那種不改初心的單純，陳爸更覺得不能放棄，「這其中有很多我們可以幫忙的，像帶大孩子們，因為我在，可以慢慢幫你站起來、慢慢糾正你，可以帶著你往對的方向走。」

插手孩子的事，讓陳爸一步步遠離江湖。

「剛開始，學生的家長也不支持你：我的孩子壞是我家的事，干你屁事？學校老師也不諒解你：我教不好是我的事，你來囉唆什麼？」在這過程中，遇到心理、身體、環境的挑戰與辛苦，鋪天蓋地而來，數不清更理不清。

深知靠自己一個人試圖去挽救這些根深柢固的社會問題，根本就是唐吉訶德式的力有未逮，陳爸不諱言說：「我自己說學歷沒有學歷，說能力沒有能力，只是我覺得必須有人去做這件事。」起初的六、七年幾乎毫無資源，爾後逐漸加入一些有心人進來，「我們只是傻傻地認為，這樣做對這些孩子真正有幫助，但這有太多的困難了。」

北大西洋暖流
加那利涼流
墨西哥灣暖流

孩子愈來愈多，剛開始他只是想，盡自己所能，來幾個就照顧幾個，「你頂多想像我周圍鄰居不過六七個、十來個，但前六年就六十幾個孩子了。」書屋一正式成立後，更超乎陳爸預想的，居然有上百個孩子，「學費沒繳的，那還可以不要管；沒飯吃的，你不能不管；功課不會的，你要設法讓他會。」他愈接觸愈多，愈發現國家真的有太多缺失，造成家庭失去功能，整個社會風氣更有太多問題，陳爸咬緊牙關撐下去。

走過花光所有積蓄，完全沒錢繳房租、沒錢吃飯，卻有一百多個孩子嗷嗷待哺的最窘境，陳爸常問自己：「你怎麼辦？」他過這種日子將近一年，「你要耐下性子去面對這些事，要跟朋友借錢，很多帳單不得不繳。」

投身陪伴孩子的工作不久，江湖上的朋友全都離陳爸而去，「因為以前交朋友是講利害關係的，我兇，你就被我收服；我有錢，我就可以買你；我有錢賺，你就是我的夥伴。當你沒有這些條件時，誰理你？」

經歷過兩度書屋孩子死掉的衝擊，那些意外早夭的生命給陳爸上了一堂堂「無常」的課。現在面對事情他總說：「盡人事，反正交給上帝囉！」書屋第三代孩子宏盛問他說：「陳爸，你什麼時候變得這麼虔誠呀？」陳爸回說：「我不是虔誠，而是我沒有能力承擔所有的結論，我只有想通這點，才撐得下去，否則我看到自己的孩子在眼前被車子撞死，那種自責……有時候，你真的沒有想開，那東西會永遠壓在你心頭上。」

那是書屋老夥伴惠菁的外甥女，孩子的父親是陳爸的結拜兄弟，更是過去一起耍狠的打架兄弟。「那小孩出生時，我就在旁邊陪他抱著。」

這父母唯一的掌上明珠被酒駕醉客當場撞死，料理後事時，「這裡面有太多人的層次，孩子死掉有那麼多的事情要處理：要壓住這個人憤怒，還要叫這個人去原諒那個人，還要輔導他，這個挑戰……而且你是在非常難過的情況下，要去面對那麼多的事。」陳爸聲音含水地說。

陳爸雖與女孩父親結拜，但打理孩子的喪事時，現場有很多兄弟彼此並不認識，「要打要罵我都要忍耐；能夠理解就能夠理解，不能理解，你還是沒完沒了。」有很多對方的朋友一旁嗆聲跟陳爸翻桌子說：「我要叫記者，讓協會開不下去！」

雖然書屋是給這些孩子們一個避風港，「但有很多未知的挑戰無法掌握，我盡我所能，其餘交給老天，因為這不是第一次。」

對陳爸衝擊最大的是，一個孩子被另外十五個孩子打死，他只能硬著頭皮去面對這些悲劇。

八年前，陳爸找一個孩子找了四天，「最後在臭水溝裡看到一具屍體，然後把他撈起來送去殯儀館，解剖、火化；在殯儀館看一具冰冷的屍體——孩子裸體的身上都是蟲，

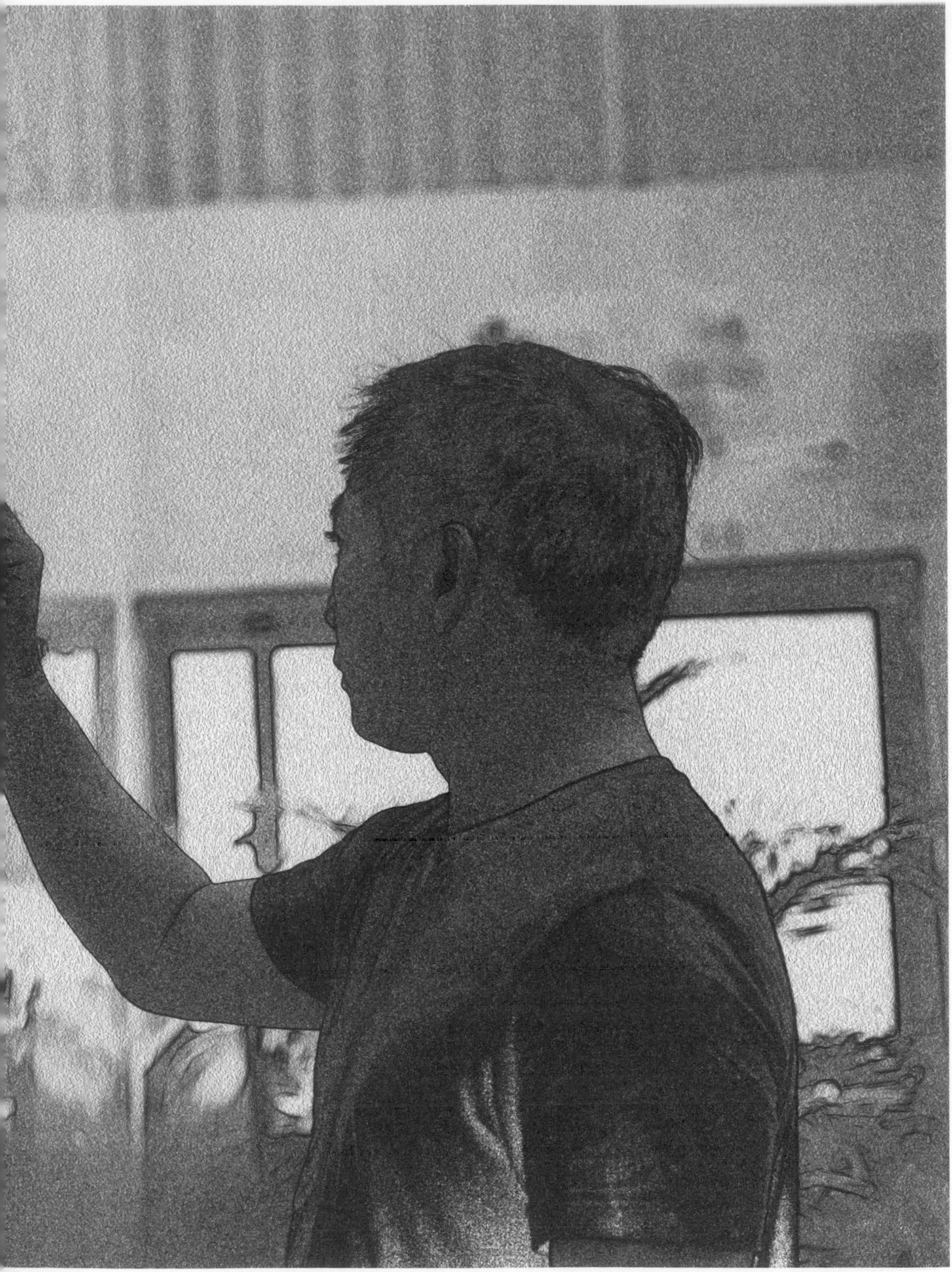

第四天才發現，那十五個小孩回來都沒有講。」

那個孩子被打的過程中，還有氣息，最後一擊是把他丟進水溝裡，人掉下去，頭撞到一顆尖銳的大石頭，從眼睛扎進去，流血過多致死。這些殺人的孩子今年不過十九、二十歲。

「你還要去面對七、八個家庭，吵成一團、打成一團，去幫他們化解。你對人性會有很深刻地感受，所有人在乎的不是那孩子的死亡，而是我能少賠一點嗎？我能多拿一點嗎？你要耐下你要抓狂的性子，還要保護那十五個不懂事的小孩不要全部被抓。」

這段往事太沉重，讓陳爸迄今猶愕愕然，如外表結痂的傷口，裡頭還包著鹽。

徹底讓陳爸傷透心的是死去孩子媽媽的反應，「那懦弱的媽媽對這件事情毫無所能，她跟我說她只要一千萬，其他什麼都不想。也可能她是傷心到完全無法接受，只能用錢來衡量這一切。」

「看到很多事情，是人性。所以你要接受一切的不完美，在其中，你要把該扶上軌道的扶上軌道，你需要很多的耐性跟忍耐。」親眼目睹這些家長逃避推諉責任，種種人性的醜陋面，讓個性原本非常暴烈的陳爸，更不敢輕言放棄這些孩子，「你會更深刻感受到，你如果不出一點力量的話，這些孩子未來是沒有希望的。」

面對死亡；面對假借仁義道德愛孩子，其實是在意錢的爭執；面對所有外界的批評，面對所有家人的不諒解、責難，陳爸開始懷疑自己，午夜夢迴常驚問自己：「你撐得下去嗎？再走下去何苦來哉？所為何來？」

那時，陳爸退卻了將近三個月，根本不想去開書屋，還要面對一大堆的帳單，妻子認為這丈夫根本是不可理喻。「那已經不是傷心、痛苦、難過可以形容的，想著想著，你也不知道那是傷心還是哭呢，眼淚就無聲無息流下來。」

這樣的生活持續煎熬著，他太知道這條路走下去會如何，「老婆會離你而去、爸媽會不理你，你身上沒有一塊錢，可能會百病叢生，你可能就這樣死掉了！可是這麼多孩子，我覺得是我的責任。」

「其實我從來沒有不想放棄過。」陳爸誠實地說，心裡一直有個聲音不停對他自己說：「誰來救救我？讓我可以離開！」「我一直很想走，可是若沒有一個強大的因緣，我是走不了的。」

「有好幾次我差一點死掉，沒死過去而已。」在生活的不斷挫敗當中，陳爸說：「你焠鍊出一種無所畏懼的心，你一直在經歷很多人的挑戰呀、落井下石呀！你也可淡定地不斷看著這些。」

或許是打落牙齒和血吞，這過程讓陳爸成長，變得更堅強。看盡紅塵煙花，他漸漸悟出，「人生要面對事實，如果常常說謊，你自己都無法克服了，哪有勇氣去克服面前的困難？」

坦然面對之後，就只剩下真心朋友。書屋逐漸茁壯時，陳爸告訴自己，不要再去做以前那種生意，但他仍喜歡兄弟一起打拚的感覺。陳爸想要的是：每個跟他一起打拚的，都是心甘情願的，不分男女，大家共同為一個理想而奮鬥。「我有得吃你也有得吃，我可以過你也可以過。你不用騙我。我年歲夠大，看的事情太多了，你不用虛虛假假的。我不曾騙過我的夥伴，我一直用這種心情在帶他們。」

幾年下來，陳爸設定的書屋終極目標是「子自教、食自耕、衣自織、屋自建、政自理的幸福莊園」，吸引了許多有理想性的夥伴紛至沓來，「其實我一個人做還輕鬆，頂多只是時間和錢的損耗；一堆人加進來，你會心有愧疚，他們來是認同我的理念，但沒有薪水要怎麼過活？我只好想辦法讓大家都活得下去。」

從小就有一種大哥情結，喜歡照顧好身邊每一個人的陳爸，猛然警覺自己太疼也太寵夥伴們，「所有大風大雨我一個人承擔下來。」眼看快到了他個人能承受的極限，「當我生病身體不好時，我開始有危機感：一但我倒下來，不出三個月，這協會一定倒，那這樣我的努力有什麼意義？」

人力編制急速擴編的同時，陳爸發現書屋有些夥伴並不知道在外奔走的辛苦，「每個人需要用的錢都變成是我的責任了，我得去張羅。」不時還要面對外界有意捐款，卻對書屋有種種不在計畫內的期待，或被質疑、被批評，都還要好言相對。陳爸直陳，「我心裡很不願意！你們不知道，單是要我這種個性的人給人家有那種期待的感覺，就已經夠要我的命了！」

在外，要耐下性子，好好說明書屋的目標；回來書屋卻常出現：「有人告訴我，他一定要用什麼東西，要不然他寧可不做！這種事情一再地發生。後來我終於覺悟了，因為他們不懂珍惜，不知道我的募款有多辛苦。」

看慣風雲的陳爸，卻割捨不下那三百多個被他當作心頭肉一樣的孩子們。今年陳爸告訴眾夥伴們：「肥雞要變老鷹，就是這樣！這些風雨我卸掉一半，讓你們淋淋看。知道被風颳、被雨淋的感覺！」陳爸強調，「我不這樣做，大家長不大。」

如果真的有那麼一天，書屋撐不下去，陳爸淡然處之，「天下之事合久必分，分久必合。」他有把握，即使全部倒，書屋的火——多年累積的know-how——仍在，若還有緣，還有人回來，還是可以照做，「我也不想虛虛假假，跟大家講說我們沒有錢囉！該倒我就倒！」

現在書屋五個督導各個晚上失眠，「你們開始緊張啦。」希望夥伴們慢慢扛起責任來。對於大家到底是否意識到這個問題的重要，陳爸還是那句話：「就只能交給老天了。」但他還是抱著一絲盼望的，「有經歷風雨才會長大，經歷過風雨才會有肩膀。否則你根本不知道自己的風雨在哪裡？」

四

園丁 陳爸

陳爸與夥伴們

經營一個組織，人的操守與品格往往是決定組織能否長長久久的關鍵。陳爸從不主動開除人，但書屋仍有幾道底限，他經常三令五申地提醒夥伴們，一旦犯了，且一而再再而三地犯，仍會請你走路。

書屋的夥伴不少是過去曾翻江倒海過的狠角色，也不乏心靈飽受創傷的世間男女，「你道德有瑕疵，我可以接受。」陳爸說，但像金錢上的不乾不淨、男女關係的不誠不實，都被視為書屋的禁區。至於對父母不孝順，甚至毆打自己的父母，更是踩到陳爸的紅線。

書屋裡，很多老師的原生家庭破碎，甚或是跟父母關係不佳的比比皆是，陳爸心知肚明：「要真正浪子回頭本來就是不容易。」

做一個領導者，必須自己率先以身作則。陳爸與父親的關係不好到四十五歲，近年才修復，「你跟你爸媽不好，但你不能動手打爸媽，也不可以忤逆他們，這是基本的。在黑道也是這樣，再怎樣不好、再怎樣爛，誰都可以打，就是自己的父母不能打。」

陳爸常勸說同仁，「如果你無法真心修復和父母的關係，你就很難和孩子建立真正的關係。若不能孝順，你的道德絕對沒有根！」陳爸不假辭色道，「父母都不好好對待了，怎麼跟朋友真心誠意？對父母大聲小聲，對太太輕聲細語，絕對是騙人，不會長久的。」

台灣男性常常不輕易顯露情感，以致於父子之間的嫌隙往往難以化解，陳爸常勸夥伴們說：「勇敢一點嘛！」

曾是父親眼中的「逆子」，陳爸為了修復父子關係，幾次想好好抱抱父親，「每次他都把我推開。」一直到第九次，父親終於有了情感的回應，陳爸再回去抱兒子，「有一種恐懼跟陌生都不見了的感覺。我會勸我所有朋友跟爸媽修補裂痕。」書屋裡的夥伴宏盛、秋蓉，都因為常見爸爸打媽媽，成長過程懷著對父親的恨意，「所有問題跟缺失，都來自於他們恨爸爸。」

一直視每個夥伴為自己的弟弟妹妹，不僅一起工作，陳爸不希望夥伴們在恨意中迷失自己，連他們的「家務事」，陳爸也像「里長伯」般地排糾解紛。看過太多父子關係失和的他說：「我同學裡面大概十個有五、六個是恨爸爸的，一旦他爸爸辭世，連恨的對象也沒有，就會開始恨自己：『為什麼他在的時候，我不可以多做一點？』」

像溫泉書屋負責人亨傑，曾被妻子批評說：「丟到垃圾桶也沒有人要撿！」因為被爸爸趕出家門，亨傑恨透父親，索性亂搞，「你覺得我壞，就壞給你看。」等他重回書屋，陳爸勸說：「你回家，看用什麼方法可以跟你爸修復關係，那你的心也就修復了。」

當一個人所愛的對象不見了，通常會緬懷不已，失落難免，但愛讓人一輩子心平氣和。「但是，當你恨的對象不見時，你可以想像那種失落感。尤其是恨得莫名奇妙的對象，由別人來告訴我要恨他，那種愛恨交織、失落，對自己來講，並不公平。」自稱以前很「蠻牛」的陳爸，別人怎麼講，他都不信；但這些年，身體畢竟不如從前，他體悟，人真的很脆弱的，「人死有墳，不要等到去墳前懺悔，那只能修復一半。」

曾在溫泉書屋當老師的奕美（化名），因為先生對經濟方面處理不佳，一再拖累了她和三個女兒，最後奕美因自己怯懦不想面對，遂交給大女兒去處理父親捅下的樓子，這椿婚姻最後以打官司收場。奕美聽聞陳爸此言，如夢中驚醒般說：「這樣我大女兒以後也會很慘！」

陳爸力勸奕美，必須要讓大女兒去面對這問題。「妳要去做，否則會變成她人生一個大缺憾，等她到了五十歲或是她爸爸走了，她就沒有機會了。」

奕美裹足不前，當場，陳爸表示自己願意出面幫她，還勸說：「妳要先修復跟妳前夫的關係，不是愛他、不是喜歡他，而是要承認他就是孩子的爸爸。否則夫妻在一起會產生一些怨恨，這些怨恨都會傳給孩子，再傳給他的孩子，就永遠傳下去；你今天不斬斷，就會永遠傳下去，成為世代的咒詛。」

但奕美想到前夫，一些負面的感覺又襲上心頭，總覺得自己沒法跟這樣的人相處。「有時候這就是因緣，自己這關沒有過，就沒有辦法跟他修復。」陳爸再度強調，「原諒對方其實不是真正原諒對方，而是先放了自己。」

這一席話讓奕美如醍醐灌頂，她反省後說：「我會去做！結束這段婚姻，讓我成長很多，包括辭掉前面的工作來書屋。我以前很怕去冒險、去嘗試新東西；現在能這樣，很棒喔！可是我的自信心還是不夠。」只聽陳爸一再鼓勵這位被他當作妹妹的夥伴：「奕美是很有悟性的人，她改變很多，包括她的眼神、她的氣質。」

也和妻子仳離的陳爸坦言道：「我常常要反省自己心裡那種幸災樂禍的感覺，當孩子跟他媽媽吵架時，那種感覺就冒出來；但如果我不能接受我太太是孩子的媽媽，孩子就會跟媽媽有距離。」所以他常常跟兩個孩子說：「你媽媽就是你媽媽，爸媽離婚不是媽媽的錯，爸爸要承擔大部分的錯。」也跟孩子說：「你們要一輩子照顧媽媽。這樣心就會慢慢平靜。把那種勝敗的感覺放掉後，很多東西就會平等對待，她不過就是孩子的媽媽，有那麼多的恩怨嗎？」

還有一位美和書屋的老師丹陽（化名），是一個被家暴、帶著三個女兒逃往台東的無助婦人。透過介紹認識陳爸後，陳爸先援助丹陽一筆錢安家；但沒有學歷、技術的她，只能做些採茎葉、顧檳榔攤、幫人塗指甲的工作，勉強養家。

當時，有偷竊、吸毒、傷害前科的先生追到台東來，陳爸曾出面調解過。現在也看到這男人願意做鐵工，把自己曬得渾身黑黑地，「這人有在打拚，表示這男人願意付出，當然他如果打丹陽，我會生氣！」陳爸嗆丹陽先生說：「要打架、吵架你還早呢！有本事打老婆，來打我嘛！」

丹陽會進入書屋當老師，是先從陪女兒開始。當時的書屋負責人問她，要不要當鐘點老師？彷彿是一道光照進她暗啞的人生。

看出過去那些工作根本不是丹陽想要的，陳爸直接對她說：「妳最想要的是自尊、被人看重地活下去，」又問她：「妳想不想當老師？」丹陽回說：「自己這輩子不敢想！」「妳就是有機會當老師！為什麼不拚拚看？」

於是，丹陽從乘法、除法到學分數加減，從英文不會到拚命背書屋師資考試的單字，每天在辦公室一背就兩、三個小時。丹陽為了考上國小低年級老師，整整花了三年時間，每考每哭。那段時間，丹陽的全神貫注，改變了她先生的態度，從此戒了毒癮。

這對夫妻彼此間的愛已走到盡頭，但兩人都對孩子有很深的情感。陳爸調解說：「孩子如果是你們兩個共同的負擔，你們就要合作給孩子一個完整的家；如果實在不能在一起，大家心平氣和地分手也好，先把你們的恩怨化解再說吧！否則你們的婚姻也起不來。」

但近來，陳爸見丹陽直抱怨已經改過的先生不好，遂說：「她命不好，需要多一點時間復原。不過，她學會一樣東西就報復式地看不起她先生，表示她自己本身也有問題。抱怨愈多表示自己問題愈多，就像老師一直抱怨小孩子，通常是自己也管不好自己的老師。生氣的人一定有恐懼，驕傲的人一定有自卑，抱怨的人其實是害怕被抱怨。唯有改變，你才會有新的境遇。」

書屋裡很多大人在這裡找到新生命，都非常珍惜這份工作。奕美就說：「我的人生從進書屋才開始！」

從十五個孩子打死一個孩子的悲劇發生之後，陳爸說自己慢慢學會，其實每個人真的是不一樣。「境遇不同，解決的東西不同，會有不同的吸收，你只有更寬宏去看待一些事情，才能變圓滿。」

像很多孩子被大人劈頭就批評說不懂事，陳爸老實不客氣說：「你把他打死就會懂事？你抱一抱他，看到他的優點，他就往優點走。」陳爸發現，台灣人一旦做了爸媽，對孩子所有的優點都視作理所當然，所有的缺點都是自我謙虛的工具，「哎喲！這個囝仔沒耐性，你看以後怎會有出脫？」這樣自以為謙虛的話，卻傷了孩子的心。

陳爸看人的角度總是有別於一般人，像宏盛來台北學烘焙，有些人背地裡不看好他，陳爸卻看到完全不一樣的宏盛：「他可以忍受八個月下雪，我那時說要去俄羅斯，別的孩子沒人要去，宏勝就說：『我去！』哪個孩子像他那麼大膽的？」

拍拍宏盛的肩膀，陳爸還說：「你為何不說他個性很強韌？他很有生意腦筋呀！他可以無所不能的！只要抓到孩子的強項去教育他、強化他，每個孩子都可以發揮得很好！只要你願意相信他！哪個人沒有缺點？天生我材必有用呀！像很多孩子看起來幾乎一無是處，但就是有某一個優點，能讓他生存下來。」

以前英文二十六個字母不識得的瑞生，現在英文教學風評很好。瑞生曾開過網咖，並浸漬在打打殺殺的日子裡，卻被書屋老師珊誠說服，等他把店關掉等了一年，進入書屋從頭學習。一開始，所有人都跌破眼鏡，納悶他憑什麼可以當老師？

「其實待過黑道的人，對很多事情的處理比較誠實，不行就是不行。」黑道裡很多事情，無法等到百分之百的證據才來處理，大概百分之六、七十就開砸了。陳爸說：「沒有在跟你講道理，處理事情之明快的。什麼筆記！叫你來要做的事，回來沒做馬上就被修理，絕不囉唆。」

以前瑞生也混過黑道，臉上還留著一道被砍的疤。

「你的程度怎麼那麼差？」若以瑞生過去的個性，哪經得起同事的懷疑？但對同事們來講是正常的懷疑，卻讓瑞生有點惱羞成怒：「我就是不會讀書，今天才會變成這樣！」

跟這些曾混跡江湖過的夥伴，陳爸都會說：「你如果不改，你的缺點會變成懲罰你的工具；你要學會怎樣忍辱、學會怎樣調整，否則你怎麼去帶孩子呢？你要磨，以前你當大哥，大哥洗手是要付出代價的，你想做『好仔』，本來就要忍耐。」

拳擊教練林明煌也混過道上；負責農業的維哲，則是最近才收掉色情理髮廳的；滄哥以前在艋舺也夠嗆。曾涉足過江湖的陳爸，很清楚要怎樣對待這些夥伴們，「你只要找到他們每一個人的優點，從這優點去發展，慢慢都會變。現在他們每個人都很珍惜這份緣分，因為如果沒有書屋這些工作，他們會繼續撩下去。」

這些夥伴曾浪費太多時間在逞凶鬥狠中，自然有很多不足，「不足就得補，你哭給我聽也沒用。」過來人的陳爸，自己也是這樣走過來的。

總務中平也是底子極差，連乘法都不會，國小數學考了四次才過，卻曾是棒球國手。陳爸一直跟中平說：「你自己這關過不去，就什麼都過不去。」「沒有這樣吃苦，你缺乏的東西永遠沒辦法補上，你只有勇敢面對，否則你連乘法都不會，如何理財？都是這種程度，慢慢被教起來的。生命被改變，所以他會珍惜。」

人生如果有些東西學不會，就得要不斷重修，否則那模式會讓人在同個地方被絆倒；書屋這環境，讓每位老師去面對自己最內在、最缺憾的東西。他們在教孩子時往往會警覺到：「我以前好像也是這樣！」陳爸說：「你看到別人這樣，就有第三者的警示。」社福督導秋蓉有一次就很感性地說：「帶孩子讓我再活一遍！」

孩子的書屋，救了孩子的同時，也救贖了大人。

四

園丁
陳爸

陳爸的烏托邦

「她們到家很晚了，卻都不想下車。」書屋後援會一個夥伴，談到自己在台東書屋送幾個孩子回家的經驗，以微微顫抖的音調訴說著：「她們說，因為媽媽的同性同居人會摸她們的胸部，孩子們很害怕回家。可是智力低的媽媽只說：『她要摸，就讓她摸呀！』怎麼會有這樣的事？」

是的，各式各樣比這更不可思議的狀況，很可能是書屋孩子的現在進行式或過去式境遇。

「我堅信，每一個來到這世界的生命，都有權力獲得祝福與照顧。父母有機會選擇孩子，而孩子沒有機會選擇父母。因這初始的不公平，每一個孩子一旦被生出，就有權利要求受到合理的照顧。然而，可悲的是，數不盡的小生命來到世上，僅是為了提供大人蹂躪、遺棄、凌虐、奸淫、撲殺他們的機會而已。」作家簡媜在《紅嬰仔》一書寫道，這些不可言傳的悲劇，活生生寫在多數書屋孩子身上。

正是這些被家庭與學校負面能量所纏累的孩子，讓陳爸難分難捨，心中也對國家社會的許多作為充滿怒氣，寄盼能做些根本性的改變，減少加諸在孩子身上的悲劇。

當金錢主宰一切，主流觀念與價值逐漸悖離事實，人們被廣告宣傳、國家政策乃至於全世界走向牽著鼻子走，工業不斷追求擴大產值與產能的此刻，陳爸卻有一番反思。

「一個孩子是家庭的事、學校的事，也是社區的事。」陳爸總是這樣說。書屋走到今日，他一直想用社區的力量，來彌補學校與家庭不足的地方，讓孩子無論在學校或家庭有所欠缺之處，都可透過社區這股力量加以補充。

然而，書屋在啟動的過程中卻發覺，整個社區變得非常不對勁。其一是政治力的介入；其次是人們對財富的追求，因為在台東缺乏就業機會，讓很多青壯年父母，寧可丟下孩子選擇離開，置孩子處於長期缺乏照顧狀態。

書屋從事修補家庭與社會功能不足的角色，到了中期之後，陳爸與夥伴們逐漸歸納出：「唯有恢復過去社區的樣貌，每個父母才有立足之地，孩子才可能被妥善照顧到。」陳爸說：「孩子的書屋其實只是一種示範作用，最大目的是要恢復社區原先就有的互助功能，不僅僅是照顧孩子，更要增強社區力量，把不對的導正過來，讓對的發芽，用社區的力量去照顧孩子、老人及需要照顧的人。」

對於做這件事的意義，陳爸從來沒有懷疑過，他說：「但想要做這件事情的困難，讓我常常想退卻。」

這一路做的過程當中，書屋設定清楚的目標：恢復社區原先有的功能，用社區力量，去彌補家庭功能不足的，或被學校放棄的孩子的需要，讓社區變成更完整的社區。但做著做著，就會發現，書屋跟家庭、學校都會有衝突，「因為家庭功能失常，學校會把這些孩子放棄，一定有原因，都是積習造成的。」

這些積習，讓不斷為學校教育與家庭功能不彰補破網的陳爸，深有感觸，他指出：「台灣教育最困難不在於教育當局，而是教育當局背後的利益在主導現在的方向。農業政策最困難的不是如何恢復農業，而是這些農業的既得利益農業團體：農會、農藥商等，他們所把持的利益讓你不准改變。醫院也是，救人醫病並沒有那麼困難，而是背後利益結構太複雜，讓你改變不了。」

有著豪俠風骨的陳爸看著這些積習，不免有兩種情緒縈繞胸中，「一是不捨，捨不得這些孩子；其次，是產生了情緒，對這社會很生氣。大家都在追逐錢，推到最後，人情愈來愈淡薄。」

「哪有人是這樣的？我捨棄我的孩子，讓孩子等我回來，怕孩子把我的錢花掉、敗光！」陳爸加重語氣，談起那始終嚮往和父母一起住在台北的馬小芸，他更是一肚子火：那是被一對只想追逐錢、寧可放棄基本倫理的父母所生下的孩子，童年就在渴求親情而得不著的情況下度過。

這一對漢人父母，生下四個孩子，三個往台東老家送。陳爸敘述那天上台北，準備送馬小芸去跟她父母過一夜的情況，「一個妳懷胎十月的孩子，就因為妳要賺錢，便自我催眠說這孩子不重要，可以丟在別人家裡完全不管！」

和馬小芸父母坐在車上的四十分鐘車程中，「他父母那表情，就是一副『妳來我們很麻煩』的樣子！你可以感受到孩子那種希望有人愛她的忐忑，她可以弄到自己嘔吐！她可以不吐的，卻吐給父母看，那麼小的孩子只是想要弄一點什麼，讓父母注意到她。」到了她父母臨去時，陳爸還記得，「她哭得很傷心，身體在用力，你去摟她，那種感覺好像是她寧可自己臉上流血，或者父母就會留下來。」

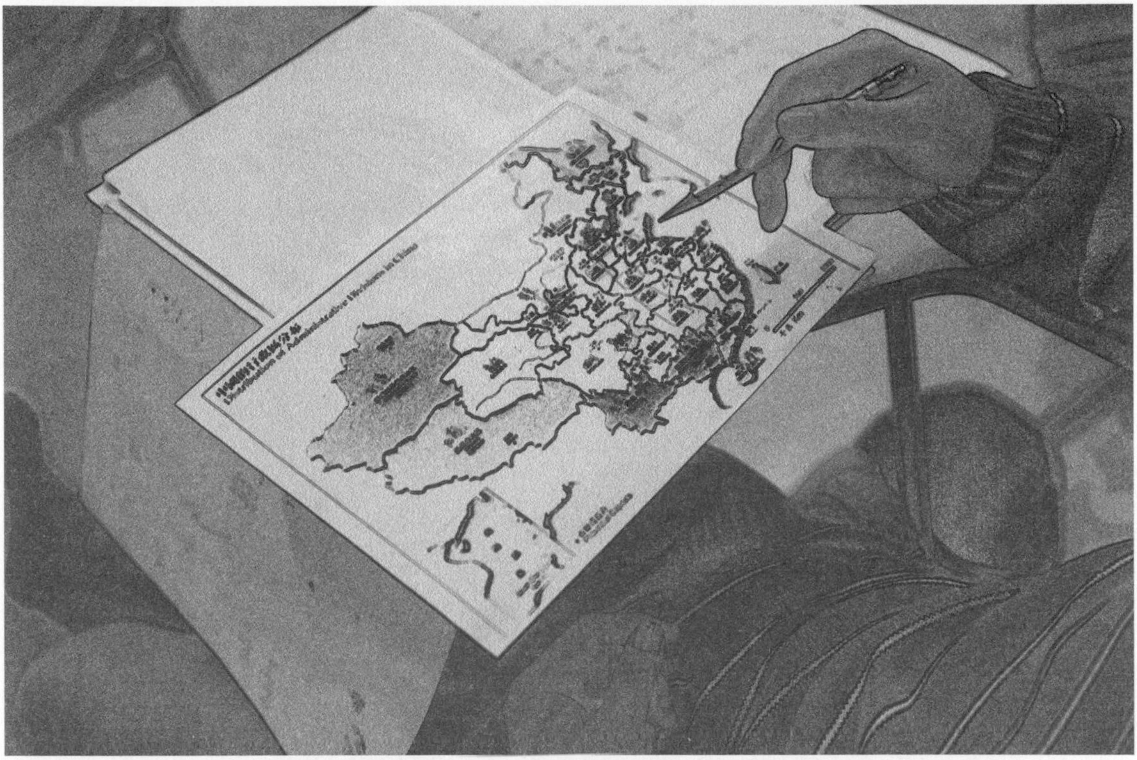

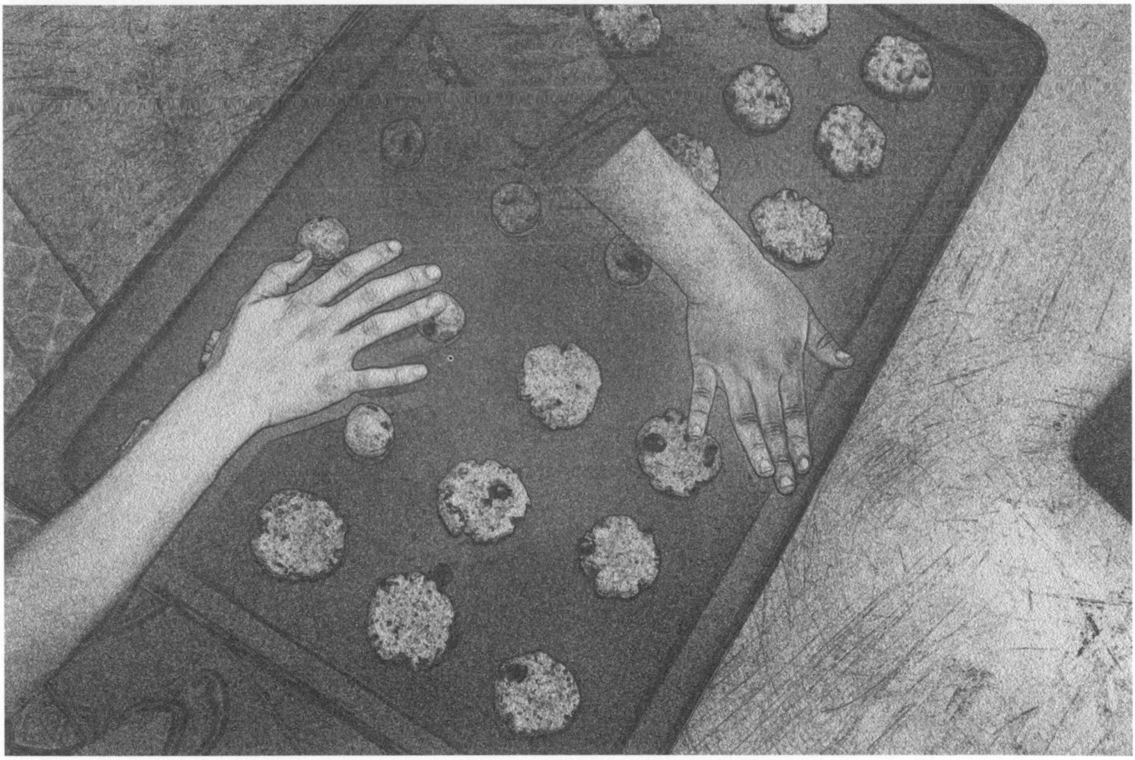

像馬小芸父母這般，跑到台北都會謀生，存的錢其實遠比台東少，但人們仍繼續被催眠般地以為，「我去台北我就可以怎樣」，最後到了台北就要符合台北的條件，「所以父母不用管、孩子也可以不要理，最後連錢也不寄回家。久了，父母跟孩子之間的疏離感、恐懼感、不習慣都形成了，已完全無法彌補了。」

盲目資本主義的種種功利，扭曲了整個社會。

過去，原住民可以靠狩獵維生，現在打獵被看成是賺不了錢的事；人們不願意務農，因為務農賺不到錢。陳爸痛陳這情形，「所有事都以錢來衡量！人們為何要到台北去？是因為台東賺不到錢！」

而農業發展到今天，農藥、毒藥愈用愈多，「因為這樣才賺得到錢！」這也是陳爸何以想恢復農業的理由，他指出，「農業是供應人類生存最基本的東西，但現在農業已經跟生存無關了，只是一種謀財工具。」因此，老農夫會訴說對土地的情感，但現在的農夫卻已不是用那種心情在對待農業了。「你會發覺農夫把土地當作工具，去攫取、賺錢，以為就要大富大貴，其實哪一個農夫大富大貴了？」

更令陳爸憤恨難平的是，資本主義跟現在的權利結合後，「變成一種劫貧濟富的流氓主義，這些流氓是企業家、官員、民代結合起來。」他以蓋房子為例，在台北買一間房子至少要一、兩千萬起跳，而台東農夫一個月收入三萬元，存個一萬元，什麼時候才能存一千萬在台北買一棟房子？反觀台東知本當地蓋房子，一坪不過四千元，還可以請人家來蓋三層樓，「但國家不允許你這樣做。背後當然有很多堂而皇之的理由，事實上就是利益的考量，利益傷害了人們，破壞了這社會。」

人們把所有精力跟注意力耗在對錢的追求，而基本的人倫，對父母的盡孝、多花點時間照顧家人，都消失殆盡。在台北都會社區的關係，變成隔壁鄰居家被偷光也沒人在乎，因為彼此間沒有情感，所有事物全部資本主義化，「讓孩子去補習，讓孩子去參加活動，滿足的究竟是孩子的需要？還是大人的虛榮需求？」

種種陳因，讓陳爸愈接觸感受愈強烈，愈覺得非自己動手做不可。

目前協會已按部就班地培植純淨無毒的農業，陳爸相信只要給點時間，讓外界明瞭他們所種所養的，確實品質值得信賴，並建立起信任的管道，「其實是可以有未來的。」「我只要把社區一個個復興起來，教育我們可以自己做，連農業都可以自己來，可以自己養活自己；社區只要各自生產各自的，然後大家交換，社區的基本生存絕對沒問題，多的我就賣出去。」

對於現行的教育概念，陳爸更抨擊為：「根本就是資本主義的工業化想法！」當所有父母都想讓孩子讀到碩士、博士，畢業後可以進入好公司或國家機構等，就可以一輩子無虞並光宗耀祖，「但你現在仔細看，都不是那麼一回事，有些人根本不適合走這條路。」而只要孩子把書讀好，其餘都可以忽略，包含生活能力等，為人父母的，想盡辦法幫孩子做掉所有的事情，「最後，讓他毫無生活能力。這不是教育，這是害他！」「你把功課讀好就好，你養出來的孩子到底是人還是魔？自己也搞不清楚。」

每個人的特質在這種教育過程中被忽略了，陳爸以自己為例說：「像音樂我有很厲害、別人做不到的本事，我喜歡畫畫，但就因為這種『讀書最重要』的觀念，我必須把它丟掉，只能把它當作閒暇之餘的娛樂。這背後都藏著一個心態——我要達成人生的順遂。」

這種心態徹底扭曲了學習的目的，陳爸憤怒地說：「你去問，哪一個想考進國企的，是想為人民服務？哪一個考老師的，是想好好做教育？哪一個唸碩、博士的，是為了用他的能力去造就別人？統統不是，都是為了一件事——我要大富大貴、我要未來生活無虞。」

因此，多數孩子都在非自願之下，被逼得一定要在固定的模式下向前推。陳爸怒斥，「孩子讀書可以不求甚解，他只要考試高分就好，不需要可以跟生活運用，這只是一種表現。」今日我們看到政治人物的失德失格，不斷做出讓人民失望的事，陳爸剖析說：「孩子把書讀好的背後，其實是我不希望再讀書！很可怕的想法！我在你面前是一個人，在你背後又是另一個人；我在讀書時是一個人，我離開書，書跟我無關！造就出來的孩子，每一個都是錯誤的種子，長出毒蘋果！」

從種種畸形的社會現象，回歸談書屋的理想，或許外界會認為陳義過高、與現實差距太大。但十三年走下來，陳爸覺得是可能做到的。

書屋同仁裡有混過黑道的、被關過的、被社會丟棄的，或是可以有很高的成就，但對社會是不滿的。這些人集合起來，並肩為一個目標在努力時，「這種觀念就變成理所當然，慢慢地在推農業、慢慢一個孩子去影響一個孩子。成績高低其實並不重要，而是你讀完書跟生活結合時，能否發揮自己的專長、特點，藉由學習發揮得淋漓盡致？這才是教育的目的。」陳爸認為唯其如此，才能回歸事物的本質，而不加上名利色彩去看一切事物。

許多在成長時期，經過書屋成人的一一陪伴，安然度過躁動青春期，目前旅外求學的孩子中，好幾位都表達願意在大學畢業後回來，為自己的村莊啟動一些事情。陳爸想像那畫面說：「譬如村莊到處是狗大便、房子一個綠一個藍，有些種花，有些沒種花。換一個畫面，如果這些孩子都參與公共事務，回來花一年的時間，把這些髒亂全部整理好；所有的圍牆都有幾棵玫瑰，你開車進去可以看到到處都有玫瑰，那些很髒的外

OMN XTREME

OMNXTREME
OMNXTREME

牆用油漆刷一刷；只要做到這兩個動作，不用三個月，大知本區十四個社區的感覺都不同了。」

年輕孩子們動起來，進而再影響別人，共同參與社區事務，陳爸揚聲說：「十四個社區若有一半都這麼做，其實我們連政治都可以清明，可以選賢與能，可以帶孩子去跪求一千個人才出來管理這社區，當我們的里長、村長，這社區還會差嗎？」

這就是書屋想完成的「教育造鎮」、「社區造鎮」的使命，並提供社區家長支持型就業、獨立型就業、經濟型就業，改變當地的基本生活品質。「也許花個十年、二十年、三十年、四十年，都可以。」

在陳爸的構想中，有副「子自教、食自耕、衣自織、屋自建、政自理的幸福莊園」圖像，希望以社區書屋為核心，每個社區將會有自己的菜園，繼而打造社區民宿、社區餐廳，他構築這幅烏托邦的願景，「希望用我們的方法，慢慢讓社區人們回到乾淨平靜的簡樸生活，讓孩子知道不必捨棄一些根深柢固的道理，譬如孝順、友愛、疼孩子等，生活品質一樣過得很好。」

現在書屋致力於生產乾淨無毒的食材，也希望從小教孩子吃得健康，把中醫講究金、木、水、火、土的平衡帶進生活裡，「讓大家吃了都安心，住得也好，慢慢或許可以吸引一些賢達人士來這裡。」書屋願意花十年、二十年，在這些社區做一個示範，並且把經驗完完整整寫出，讓其他有心者隨時可以參考。

十三年來，在書屋的努力下，陳爸發現，「大知本地區慢慢朝這方向在走，我們至少走了四成的路。」

現在的書屋給沒有飯吃的孩子有飯吃；把功課不好、要去當流氓的孩子召集起來，重新訓練，讓他們去學單車、學音樂等，重新建立信心，再接回主流的學校；逐漸地，連供應社區的菜都由書屋自種，連肉品的供應也在計畫中，自己養雞、養魚；下一步則是用自種、自養的菜、雞和魚開餐廳，逐漸形成當地的地方特色。「可以跟你保證，我們供應的東西都沒有農藥、化肥、抗生素等；慢慢地整個社區會愈來愈合作，大家愈來愈認可。」

為了完成這幅大願景，今年書屋組織在陳爸的規畫下，大幅重整，加以組織化，設置五個督導位置。陳爸希望日後不管他是否還在協會裡，都能由總督導帶著五個督導，讓事務順遂，「誰在這位置上不重要，重要的是內容，所以我現在在推 SOP，五個督導、所有的流程都可以標準化，會計為主、人事為輔，我只要經過這 SOP，人事成本可以大幅降低，效率可以大為提升，我必須把這兩件事做好。」陳爸表示，他必須在這段時間內，把制度和規模建立起來，若沒有這些人將無法到位，「就我的設計，二〇一五年就會上軌道。」

陳爸再給自己兩年時間，二〇一五年鐵定要交出協會理事長的棒子。因此，他選擇在此刻，將產業規畫與社區服務多箭齊發，人力配置也快速擴編。阿潘明白地指出，「陳爸想要先為接下來的理事長布這個局，讓想做的事都有些基礎，接下來的人會比較容易做。」

未來想做的事都在起頭發展中，阿潘說：「好像釣魚，放十條線；可是去拉線，還拉不到一條大魚。」以致於現在看起來，似乎沒有一個很明確的核心，「我們當然都有談過這種狀況，但我覺得，一個領導者要做他覺得該做的事情，不應該讓我的夥伴綁手綁腳的；有問題，我們就彼此分擔。」非常了解陳爸的想法，阿潘直陳道：「這個協會成也好敗也好，絕對不是陳爸一個人的事，不能讓他沒有決策主導權，卻要他去承擔這些事情。」

對於現今農夫的生產被商業體系剝削的狀態，陳爸也「不自量力」試圖改變遊戲規則，「我不想賺大錢，商業本身也不該是賺大錢，而是：你們十個人做農，我做商，我們是十一份，是產銷合作；我出一分力，你們也出一分力，我只是比較會講話而已，但你們會做，我不會做。十一個人就十一股，利潤拿出來十一個人分，不是把你綁死死，我賺大錢，你餓死。商業本質不應是這樣子，應該是共生，不該互相猜來猜去的，這樣才做得大。」

「消費者跟供應者之間也是一樣，應該是夥伴關係，」陳爸覺得，每件事情都應該讓消費者清清楚楚，「我的雞蛋怎麼來、我的農作物怎麼種，不要以為可以讓對方自己發掘；而是應該證明給對方看，這也是一種自我要求，應該是一種習慣。」近年，陳爸無時無刻不在思考這些架構與執行方法。

建構這些綿綿密密的藍圖，無法想像陳爸究竟花了多少時間思考，還包括把書屋的發展經驗與歷史，編輯為「書屋學」，成為各大學EMBA的教材，取得學術地位；進而在全台灣各地掀起「書屋運動」。

從一己力量篳路藍縷，到感動四十幾人的參與；日後，若能夠讓「書屋運動」在全台發光發熱，將不再只是螳螂擋車的力量而已。翻轉這世界，並非不可能。

陳爸的烏托邦能否在有生之年促成呢？或終究只是「南軻一夢」？陳爸一面說「隨緣」，卻也笑道：「哪那麼雲淡風輕，說隨緣就隨緣？」走過一遭，回頭看很簡單，但當前面荊棘遍布時，走過去會流血、會流淚，也會不想走，「唯有走過的人才知道，收穫最多的還是走過的人。」

結語

曙光。擊壤歌

古碧玲

「日出而作，日入而息，鑿井而飲，耕田而食，帝力於我何有哉？」這首傳說是出自帝堯時代、被稱為是中國最古老的農歌，陳爸用來作為書屋發展農業區塊的名稱「擊壤歌」，也精準地傳遞了他心中那「食自耕」的幸福莊園理念。

據說「擊壤」是古代的一種投擲遊戲，遊戲規則有點像ㄤ仔標。「壤」是一塊小木片，拿一塊木片放在地上，手上再拿另一塊木片去投擲，看能否擊中。傳說帝堯時代，有一位農夫忙完農務之後，蹲在地上玩著擊壤的遊戲；一個路人經過，見狀滿心讚歎說：「哇！這真是堯帝的恩典啊！」農夫聞言頗不以為然，反駁說：「我每天太陽出來時耕作，太陽下山時休息，自己鑿井喝水，自己種田自己吃，堯帝對我有什麼恩惠呀？」這種靠自己耕作、自食其力的佳美境界，正是陳爸發展農業的理念。

「這些菜幾乎都是我們自己種的，才一小塊地，種的就自己吃不完，又乾淨。」陳爸常不解，何以菜的售價都如此高，又未必安全。跨出農業第一步前，每個書屋都在協會辦公室旁，整理出一畦畦菜園，等於是實驗性地，各自種植些胡蘿蔔、高麗菜、白菜、A菜等；土質未必佳，收成也零零星星，卻也能在當令時節，讓協會辦公室同仁吃個好幾餐，於是更堅定陳爸要發展農業的決心。

家裡種薑的阿達剛回書屋擔任老師，發現書屋開始籌畫自己的產業，也很贊同。阿達認為，書屋向來以接受物資為主，但在組織漸漸茁壯時，若能有效地運用外界的捐款，發展部分可以自給自足的產業，「而且不只有我們同仁去做，也可以帶著小朋友一起做，假如有一天我們的資金不太充裕時，還有一些產業能夠支撐自己，協會還是有能力繼續運作下去的。」

儘管書屋有發展農業的規畫，但真要著手，農務可不是想像中的簡單。講究天時地利人和，沒摸過的要第一次耕種，就想變成綠手指，豐收纍纍，除了盡人事，還得看老天成不成全。

打定心意要做杜絕化肥、農藥的友善農作，陳爸請教過許多朋友，都建議說要先學會做有機堆肥，於是原擔任總務的玉念打前鋒，被陳爸送到台北三芝的有機農場，學習做堆肥的要領。

另外，陳爸還從組織裡拉出幾位同仁組成農業組，除了玉念外，還有負責種植的志偉與維哲、中興大學植物病蟲害系畢業的夢心，以及出身台東利加部落的卑南族、原本擔任書屋老師的孝偉。

這個團隊中最特別的是孝偉，學醫的他不僅有化學知識，還有原住民與自然共存的耕種智慧，「原住民只要摸一摸土，就知道這土是死掉了，還是有生機的。」農業組另一位夥伴志偉說。

從小學三年級起，孝偉就跟著長輩在山林間打獵，也在田野間種過生薑，並學習生活的知識，「光是看路就知道田鼠往哪去，我們會看牠的糞便，再判斷牠走路的痕跡，是新的還舊的。」孝偉還說，如果你在森林裡突然感到胃不舒服，有些野生樹如白樺樹的乳汁，「找到表皮看外觀，劃一刀，乳汁就流出來，可以當作胃乳。」

假如自己還是單身，孝偉說自己非常享受在山林間狩獵耕種維生的日子，可惜因為有妻小要養，無法回歸那最單純的生活方式。孝偉的感受，也是陳爸要恢復農業的原因之一。以漢人為主的主流社會像病毒般殺雞取卵，同樣是種薑，原住民適量地種；相反地，只要漢人種過薑，那塊地可能就六、七年無法再種任何東西。台灣土地的浩劫正是在這種竭澤而漁的貪婪心態下，一步步踏上不歸路。

這或許正是陳爸想借重孝偉埋藏在腦子裡的原住民耕種知識，實踐那在付出與取得之間平衡的有機理念。

人挑齊了，接著是挑選能夠規模種植的作物，才可能有產業規模。

與彰化相同緯度的台東，最適合栽種釋迦、洛神花與百香果。有別於西部較黏的土質，台東土壤則以砂質與礫石為主，釋迦長在這種土裡如魚得水。但陳爸看過太多釋迦被施以重度農藥，加上釋迦只要熟成，很容易過於軟爛，加工的人力成本又偏高。因此，書屋決定先從生命力強韌、有點野性、可加工程度較廣，且多年生的百香果，跨出農業的第一步。

著手種植之前，農業組同仁先進行田地間的生態調查，測量土壤中的微量元素，了解每塊地裡面有多少活化土地的蚯蚓，再看其地質的變化，這些技術都由孝偉提供。

接著，請同仁一起養蚯蚓。宏盛就說，自己上台北前，幫書屋養了好多肥吱吱的蚯蚓。同時，也開始嫁接百香果苗，每棵苗種植的時間一一標示清楚，孝偉還負責詳加記錄每天的生長狀態、天候變化的影響，還要設法根除百香果的絕症——黑腐病。孝偉說：「一得到這種病症，必須要立即拔下來，否則會擴散開來。」

既然想杜絕農藥與化肥，病蟲害的對付就成了書屋農業組同仁的必修課。志偉說：「兩百年前，我們老祖先的農耕都是有機的，但你說他們不灑農藥嗎？不可能，只是他們用的是天然的農藥。」

知本地區在日治時期有「蘆藤會社」之稱，而蘆藤又叫做毒魚藤，是一種天然農藥，日本人讓原住民大量種植並收購。志偉說明：「這種植物能麻痺病蟲的神經，但毒性很快揮發，不至於殘留。」像這類天然農藥還有香茅，他還指出，「香茅含有一千五百多種成分，你根本不知道成分間彼此的機轉，而其中的活性分子非常活躍，也會擾亂昆蟲的生理；香茅油又可以快速分解，迅速回歸大自然的系統，但農藥沒有辦法，用幾次就累積，真正問題就在這裡。」這些天然農藥都是書屋計畫重新找回的寶物。

透過搜尋老祖宗的農業智慧，書屋農業組同仁和陳爸構想要進行一場農業的「微革命」，希望將這些前人的農作知識加以系統化整理，再建構一個免費的平台，將這些知識散布出去。志偉說：「我們滿希望，協會的有機農業可以順利被推動。」

比起漢人，原住民的農作觀念向來是「我從這塊土地取走多少，就回饋多少」。他們與大自然關係素來較和諧，不太會講得天花亂墜，但實作的農耕技術卻十分了得。像協會旁的菜園土質非常乾，「當時只把地整平而已，土裡缺乏微量元素，又沒有蚯蚓在裡面，濕的時候像泥巴，乾的時候像石頭，孝偉一挖就說：「這土死掉了。要攪一些雞糞、羊屎，才能活化土地。」原住民代代傳承的自然知識，雖然不見得會說，但要用時卻唾手可得。

「現在有機農業也做產出機制的管理。例如這塊土地水分占百分之六十，如果種出來的農作物總共是十份，固態物最少是四份，收成後，若能補充回四份的固態物質，讓堆肥、農業廢棄物回歸這塊土地，至少能維持這塊土地進出之間的平衡。」志偉認為，原住民來做遠比漢人做得好，「輸進去的會比流出的多，所以我們農業組很需要原住民的夥伴加入。」

栽種百香果的過程是很有趣的。有機堆肥、病蟲害也納進了書屋的農耕，過程中必須與土地對話，一步一步做下去。只是萬事起頭難，等待百香果長成的過程中，不斷碰到一些無法突破的困難，膠著的狀況讓人有點洩氣。

像百香果的葉子極大，非常適合吸收空氣中的水分，「如果你在根部澆太多水分，反而無法吸收水分，反而容易產生病變或蟲害，」孝偉指出，「種植百香果的土壤，必須是透氣性好、排水性高、有機質含量高，且有點坡度的礫石區。我們種百香果那塊地並不是最優的，那塊地的排水性反而比礫石區的土更好，但溼度卻有點太高。」

因為土質不夠理想，必須施以大量的雞毛、雞屎、羊糞、甘蔗皮等有機肥，志偉表示，「我們給的養分根本就不夠，但成本已經是別人施肥料的四到五倍了；做到現在，我都還不敢跟你講說，我們的百香果可以長得比別人好。」

但既然打定要友善種植，也要求產品得經得起所有的檢驗，書屋的百香果田開了九溝，「本來還打算多開四溝的，讓你可以從頭到尾隨機採樣。」孝偉還不時收集一些甘蔗渣之類的農業廢棄物，當作乾式肥料，「最好可以用稻草掩蓋，一舉兩得。因為稻草能保濕，且有助於底下微生物的活性，泥土的涵養力也會提升，又可以抑制雜草生長，還可以活化土地提供氧氣。」

百香果還在培植中，但王品餐飲集團下的西堤牛排，基於扶植社會企業的初心，已慨然承諾，只要書屋的百香果汁生產製造規格完全符合政府規定，就願意承購所有的百香果汁。

為了實現產銷合一，農業組一邊等待百香果的成長；負責開發烘焙產品的美智，也一邊著手研發各款百香果糕點；再加上書屋的拳擊教練林明煌對百香果頗有研究，過去他自己研發的百香果汁技術正好派上用場。

在書屋本身的百香果還未成熟前，先買進其他農夫所種植的有機百香果，試著煉製果汁。在拳擊教練的專業指導下，製作了一瓶瓶濃度極高的百香果汁，「我們完全是手工做的，而且不放色素、不放香料，更不放防腐劑，全部都是純的，只有加糖，作用在於防止發酵和防腐，所以我們一做完，就要冷凍起來。」以林明煌的做法，至少得要四到五斤百香果才能做一瓶百香果汁，他說：「一斤算二十元好了，我們一瓶直接成本就要一百元，加上人力、包裝，所以我們賣的產品比人家貴啦！可是這百分之百原汁，一瓶就可以稀釋成七二〇〇CC的果汁。」儘管還未見收成，但陳爸對這個百香果產業很有信心。

黎明來之前的黑暗特別難熬，但有信心就能盼到曙光。

等待熟成的百香果、小有收成的芭樂，加上計畫中的洛神花，目前看起來，書屋的農業版圖，似乎八字不到半撇；但每一顆百香果種子都醞釀著一顆希望的種子，一旦那黃澄澄、鮮豔欲滴的百香果汁破殼而出後，將為書屋的產業奠下一塊房角石，也將開啟非營利事業組織的新頁。這一天值得等待，無論有再大的艱難，都得繼續撩下去。

到那時，擊壤歌歌聲將從台東一路開唱，「帝力於我何有哉？」的理想國夢，或許就指日可待吧！

【跋】讓生命找到自己的路

蔡淑芳（開拓文教基金會執行長）

二〇〇五年，我們（開拓文教基金會）承接了教育部縮短偏鄉數位落差的計畫，來到台東的建和社區，就這樣認識了住在建和的阿朗（陳爸）。

我跟阿朗都深刻地記得當年的一個場景：我們站在位於建和國小二樓數位機會中心的走廊。當時正是放學時刻，阿朗看著走過操場的國中大孩子、國小小朋友，輕輕地說著：這是誰家的孩子、是誰在照顧、碰到過什麼事……

透過一個用心在陪伴社區孩子的爸爸的眼中，這些孩子對我不再是走過操場的陌生人了。

阿朗說，「因為關心自己的孩子，就會關心社區裡別的孩子。」在自己做得到的範圍，陪他們讀書、幫他們上課，教他們吉它、玩樂器，就這樣成了社區人們口中的「陳爸」。

他說他最大的心願就是：讓孩子們有一個可以讀書的地方，讓孩子們有一個可以放心學習的角落。

記得我回台北後，在給他的 E-mail 裡寫著：「謝謝你讓我了解你所看到的、想到的，接下來，我會邀請身邊有資源的人也一起來了解，然後看有沒有機會做些連結。」

於是在各方朋友的支持與阿朗的用力下，二〇〇六年九月，第一個孩子的書屋「建和書屋」成立了。

今日的書屋樣貌已大大的不同：從一個點擴展成長為十個點，從幾位無給志工成長到近五十個員工。然而，成為孩子第二個家的精神和使命，更扎實地被實現與被看到。

這本書非常真實地呈現：多年來，書屋善的磁場吸引著不同的人的關注與參與，被觸動而慷慨解囊，被吸引而前往探訪；當短期的志工、當長期的陪伴者；長大的孩子成為照顧者……不同的生命在「給」與「取」的過程中寫著不同的故事。阿朗依然用信任與愛迎接每個人：小孩子、大孩子、志工、老師、捐款人……護持著書屋，讓生命找到自己的路。

書屋試著從弱勢孩子的陪伴開始，重建人與人的連結，這絕不是件容易的事。少了阿朗和書屋夥伴們的堅持、缺了來自四面八方朋友的出錢出力，就不可能有這些書屋的故事。感謝書中主角們的現身說法，說出書屋動人的地方，也呈現書屋尚待補強的角落。雖然未來的挑戰不會比較少，我相信，「真實的生命故事會牽引更多力量一起來關注和投入的」。

那永遠的溫柔

——後援會迴響——

讓我付出小小的力量吧

「孩子的書屋」於二〇一二年成立後援會，成員迄今八位，都是在社會上卓有成就的專業人士，包括：投資規畫專家、曾任高科技公司的電機博士、高科技公司資深經理，現任互動英語教學顧問、戶外廣告公司高階主管、公關公司負責人、連鎖烘焙公司高階主管、資深媒體工作者等八位。

這八位或放下自己的工作，或帶職，但都把後援會當作人生的志業，他們一次次拜訪書屋，親睹偏鄉孩子與社區的匱乏，拿出自己畢生累積的功力，期盼能為書屋盡綿薄之力，希望能彌平城鄉之間的鴻溝。心願很大，個人力量很小，集眾志卻可成城。

聽他們敘述自己為何要加入後援會的理由，也期許拋磚引玉，讓更多的有心人有不一樣的看見，把最初的感動化為實際的行動。

踏出重要的第一步

尹立伯（現任孩子的書屋後援會會長，電機博士，曾任半導體公司高階主管）

二〇一二年的夏天，我參加了一場名為「一個人，可以改變世界」的演講，主講人是諾貝爾和平獎得主，孟加拉裔的尤努斯博士。他推廣窮人銀行及社會企業的貢獻，早已眾所皆知。但在這場演說中，我依然感受到他對消滅貧窮的熱情與使命感。他強調貧窮是社會制度下的產物，是系統功能失效的結果。窮人就好比是種在盆景中的植物，埋在土壤裡的種子是正常的，但是長期缺乏社會資源的灌溉，盆栽出來的松樹終究矮人一截。偏偏這樣個巨大而根本的問題，卻不是當前政府機構與政策能解決的。

尤努斯博士謙虛地說，他這輩子都在做幾件「小事」——不過就是最初有個「小小」的想法，把「少少」的錢，借給社會地位「低低」的窮人。他每踏出的「小小」的一步，最後終如滾雪球般，改善了數百萬家庭的生活，也改變了這個世界。

兩個月後，我在台東開始與孩子的書屋結緣。陳爸帶著我們一群訪客到建和書屋，如數家珍地述說著這些年來，他和夥伴們將社區裡已經被社會遺忘、被主流教育放棄的孩子，一個一個地「撿」回書屋，視如己出般地陪伴、呵護著，給孩子們一個溫暖安定的第二個家。

為了重建孩子們的自信及燃起對學習的熱情，陳爸在主流教育之外，開發出適地適性的書屋教材。因為孩子們在書屋有了強烈的歸屬感，因為長期在社區內的深耕，原本困擾著社區的毒品、幫派問題也逐漸遠離。猶記得當天我環視著有些擁擠、有些老舊的建和書屋教室，想像著十多年來曾在這裡進進出出的孩子，如果沒有那個簡單的初衷，他們的生命也許會像那埋在盆景裡的種子，永遠不知道自己可以長成參天巨木。一看著當天孩子們燦爛的笑容和無畏懼的眼神，我彷彿看到了一株株破土而出的幼苗，在寬廣肥沃的土壤上，孕育著他們無限可能的生命。

做一件對的事情、「雖千萬人，吾往矣」地持續做了十四個寒暑，一個人起心動念的慈悲，感召了上百個同工，改變了上千個孩子的生命，改造了一個個的社區。在這個看來充滿無力感氛圍、高度集體焦慮的時代，尤努斯博士和陳爸的故事，在在印證了：想要成就一件事功，就必須踏出重要的第一步，即使只是小小的一步。如果選擇原地踏步，就只有等著世界來改變你了。

我支持陳爸和孩子的書屋，這是我個人小小的第一步。

愛，可以如此簡單卻真實

Jennifer（投資規畫專業人士，現為「孩子的書屋」顧問）

三年前偶然到台東參訪「孩子的書屋」，深深被創辦人陳爸，和他所陪伴的孩子們震撼。原來，在主流教育的框架壓力之外，台灣的孩子還可以有另一個自由快樂學習的選擇，原本被邊緣化的孩子，可以展開天賦的翅膀。

這三年來，我看見許多支持者，包括我自己，原本在追尋功成名就的世界中漸漸迷失，在追尋煽情火爆的文化中漸漸麻痺，卻在服務「孩子的書屋」事工中，再次點燃不冷不熱多時的生命之火。原來，愛，可以如此簡單卻真實。愛，可以讓我們無所畏懼改變生命中以為的不可能。這本書，會讓你感動，也能讓你行動！

永遠的溫柔

陳依梅（工研院特聘研究、清華大學兼任講師、LiveABC 互動英語教學集團 編輯顧問）

如果你問我為什麼支持書屋，我會告訴你，因為陳爸的溫柔！

當後援會成員尹立伯和 Jennifer 請我到書屋後援會幫忙的時候，我還是依慣例要先去深入了解一下。在網路上我找遍了所有有關書屋的資訊，一篇篇研讀，心是愈來愈被陳爸的愛心感動。陳爸所背負的是如此的重擔，時時面對資源短缺的壓力，日日透支體力，他仍然堅定的繼續擔起這個重任。是什麼力量，十幾年來支撐著陳爸這樣完全的為孩子們奉獻？

我想起了《哥林多前書》第十三章第四節裡的經句：「愛是恆久的忍耐，又有恩慈。」在恩慈中永不放棄的愛，是如此的溫柔。當陳爸談到孩子們的近況時，我看到他關懷的溫柔；談到孩子們的將來時，我看到他期盼的溫柔；談到陪孩子騎單車環島一周，孩子們完成艱難行程而激勵的信心時，我看到他以孩子為傲的溫柔；面對著書屋自力更生的菜園時，我看到他寄望提升整個社區的溫柔；教孩子們彈吉他時，我看到他懂得孩子心靈需求的溫柔。去年書屋在台北辦了一場感恩音樂會，孩子們精采的表演讓人驚喜，陳爸堅持當晚不募款，因為孩子們來是要以歌舞來感謝大家的支持，而不是為了錢而表演，我看到陳爸呵護孩子們自尊心的溫柔。

我支持書屋，支持陳爸，因為他的溫柔，那綿綿不絕，永遠的溫柔。

一個可以卸除三五〇顆不定時炸彈的地方

田馨（戶外廣告整合行銷主管）

因Jennifer而認識書屋，因她全心的投入受到感動，進一步的了解書屋是什麼？因而認識書屋理事長陳爸。受到陳爸的感動，決定為書屋孩子付出，願意當一輩子的志工。

自己是五個孩子的單親媽媽，感同身受。曾在養育五個孩子最艱困時，詢問過家扶中心，若無法養這五個孩子，這五個孩子怎麼辦？家扶中心的回答是：會送到五個不同的家庭去寄養。天啊！這個家不就散了？從此養五個孩子的意念深植心中，再苦再累皆咬牙撐著。一晃二十年，這二十年是如何過的？如人飲水冷暖自知，只有我自己知道自己經歷過什麼？受過什麼？當我了解書屋、認識書屋後，十三年照顧上千位孩子，若沒有強而有力的後盾，沒有大型企業團體支持，陳爸是怎麼過的？是怎麼撐的？我自己經歷過養五個孩子的狀況，我心裡很清楚，對書屋的感受。對陳爸的心疼，不由得從心裡蔓延開來，而決定當一輩子的志工。

書屋是避風港，是肚子餓了有飯吃、放學了有個地方去做功課、受了委屈有人可以講可以哭訴的地方，是一個充滿愛的地方，是一個教孩子勇敢面對學習成長的地方，更重要的是，它可以卸除三五〇顆不知在何時、在何處會引爆的不定時炸彈。

請用心看這本書，在這世風日下、人心愈來愈不溫暖的當下，希望能喚起什麼？能讓您看到什麼？能讓您有什麼行動？有什麼決定？我拭目以待。

不只捐錢，也要捐人

黃仲豪（曾任宏達電資深經理）

在營利組織工作的最後那段時間，心頭反覆浮上一個問號：接下來的人生，該怎麼做更好的利用？那時陳樹菊阿嬤的故事給了我很大的啟發，頓悟累積天上的財富才是更有意義的人生。離開工作崗位之後，在機緣巧合之下，認識了書屋，也認識了陳爸。

陳爸和書屋的夥伴們，在過去的十幾年來，一直在顛簸之中，奮力的照顧過上千個孩子，這些孩子的狀況不一，共同的是書屋的陪伴和療癒。在參與書屋後援會的這段時間裡面，與書屋的夥伴互動愈多，學習的也愈多，深感書屋夥伴不受世俗所羈，陪伴每一個孩子走不只一里路，這種精神在追名逐利的喧擾塵世之中殊為少見，很高興台灣還是有很多這樣的人、這樣的組織堅守在各個被需要的地方。希望台灣未來有更多的各界俊彥，不只捐錢，也願意捐人，讓每個孩子都能得到陪伴、照顧、教育，和機會，這些，是每個孩子，都應得的。

看見了不一樣的「豐盛」

楊郁雯（現任哈肯舖股份有限公司副總經理）

身為基督徒，將「愛」掛在嘴邊，似乎是極為平常的；年近半百，正值要努力衝刺事業，好儲備人生下半場的足夠老本時，遇到要實際付出行動來對這社會關懷，總還是積極度不夠；然而，心中總有個縈繞不去的聲音：「不要等，愛要及時。」

在姊妹的交流中認識了書屋，認識了孩子們口中的「陳爸」，這位半輩子在摸索人生，半輩子在為不認識的孩子們付出生命的男士，從世界標準來看，他是不足的、是缺乏的，但我卻看見了不一樣的「豐盛」。

與外子中年再度創業後，想讓企業能為社會做些什麼，所以每年總會與一些公益團體合作，開始牙牙學語地學習如何成為「社會企業」，從只是「合作關係」到把自己投入，成為「孩子的書屋」台北後援會一分子。與一群生命順序以及世界價值觀不一樣的熱情志工夥伴們同工後，看見了也聽見了這些孩子們的需要，不是一頓飯而已，更是要有人陪伴他們度過那缺乏、走過那恐懼，有些小海鷗天生羽翼較不豐厚，但這並非命定就無法翱翔，只要用愛心耐心陪伴、訓練他們，仍然可以如鷹展翅上騰。

社會結構問題造成的城鄉落差，政府制度改絃更張或許可以等，但這些孩子們是不能等的。讓我們一起陪他們走那一里路，相信他們可以飛得更高更遠！

生命陪伴沒有時間表

吳子平 Ruby（光鹽公關公司負責人）

我的好友都說我是個跨不過泰山收費站的人。而這近半年來，我怎會如此頻繁的往返台東？我既不是去旅遊，也不是去度假或探親。

在一次商務聚會中，認識了現任孩子的書屋後援會會長尹立伯博士，透過他介紹邀請，當我收到關於書屋的簡報檔時，我坐在電腦前淚流滿面，哭到不能自己。我是個母親，有一雙年幼稚嫩的兒女。我努力呵護他們、教導他們，用盡我所有的資源，卯力供給這雙寶貝我認為的最好，從來無法想像這些沒有父母正常照顧的孩子會是如何？去台東看看孩子，每去一次，我的心就揪結成團；每一次抱抱他們，我的心就痛一次。多麼單純的笑容、多麼純真的孩子！其中不少孩子跟七、八十歲的爺爺奶奶過生活，原來這叫隔代教養。

台東人口數差不多等於台北市北投區的人數，囿於交通不便，有生產力的多半遠赴他鄉，留下來的就是老弱、相對沒有生產力的人。書屋收留的是一些曾被家暴、性侵，甚至有目睹兒（曾親眼見至親自殺或被殺現況，我知道有個孩子從此過度驚嚇到說不出話來），有的孩子被貼上壞孩子標籤……像這樣家庭功能不彰的狀況，彷彿是電視播報的新聞，居然就在我眼前！這些不單單只是故事，而是在東台灣每天都有人在過的真實生活。

生命陪伴沒有時間表，無法用績效、KPI等標準來丈量。孩子的書屋需要你也跟我一起來支持及陪走。這些孩子都是健康單純的孩子，只是內心傷痕累累。只要在他們的成長過程中，我們願意陪伴同行並傾聽一段時間，您就會像那風箏的線頭，讓他在失意失落失望時，回想起曾有人那麼在乎過他，孩子就會轉往正途走去。

我曾思量，我個人小小的力量，能夠做的實在有限，但我若用力透過大眾傳播把書屋發生在東台灣的真實故事散播出去，讓大眾更了解書屋如何用生命在陪伴孩子，必定能感動每一位閱聽者，化為行動，參與支持孩子的書屋。

我支持陳爸，支持書屋的每個陪伴者。謝謝你們用生命默默陪孩子走出幽黯路。感謝上帝的帶領，讓我有機會成為書屋後援會的一員，讓我能看到自己不同的生命價值。

國家圖書館出版品預行編目 (CIP) 資料

愛．無所畏：孩子的書屋，給孩子全新的未來 / 陳俊朗故事；古碧玲書寫 .-- 初版 .-- 臺北市：商周出版：家庭傳媒城邦分公司發行，2013.07

面；　公分

ISBN 978-986-121-840-3(平裝)

855　　　　102011516

Neo Reading 06

愛・無所畏

孩子的書屋，給孩子全新的未來

故事：陳俊朗　書寫：古碧玲
企劃選書／責任編輯：徐藍萍　特約編輯：林香婷

版權：翁靜如、葉立芳
行銷業務：林秀津、何學文
副總編輯：徐藍萍
總經理：彭之琬
發行人：何飛鵬
法律顧問：台英國際商務法律事務所羅明通律師
出版：商周出版　台北市 104 民生東路二段 141 號 9 樓
電話：02-25007008　傳真：02-25007759　E-mail：bwp.service@cite.com.tw
Blog：http://bwp25007008.pixnet.net/blog
發行：英屬蓋曼群島商家庭傳媒股份有限公司城邦分公司　台北市中山區民生東路二段 141 號 2 樓
書虫客服服務專線：02-25007718、02-25007719　24 小時傳真服務：02-25001990、02-25001991
服務時間：週一至週五 9：30-12：00；13：30-17：00　劃撥帳號：19863813；戶名：書虫股份有限公司
讀者服務信箱 E-mail：service@readingclub.com.tw
香港發行所：城邦（香港）出版集團有限公司　香港灣仔駱克道 193 號東超商業中心 1 樓
E-mail:hkcite@biznetvigator.com　電話：(852)25086231　傳真：(852)25789337
馬新發行所：城邦（馬新）出版集團 Cite(M)Sdn Bhd
41, Jalan Radin Anum, Bandar Baru Sri Petaling, 57000 Kuala Lumpur, Malaysia.
Tel: (603) 90578822 Fax: (603) 90576622 Email: cite@cite.com.my

插畫：劉振祥　美術設計：雅堂設計工作室
印刷：卡樂彩色製版印刷有限公司
總經銷：高見文化行銷股份有限公司　新北市樹林區佳園路二段 70-1 號
電話：02-2668-9005　傳真：02-2668-9790　客服專線：0800-055-365

2013 年 7 月 15 日初版　Printed in Taiwan
2020 年 11 月 6 日初版 5.5 刷
定價 350 元

 ISBN 978-986-121-840-3

送愛到台東

邀請您捐款支持，來做「孩子的書屋」的家人

love

從1999年開始，陳爸自力創設了「孩子的書屋」，開始陪伴起台東當地被家庭、學校所忽略，甚至沒飯吃的孩子。

這些缺乏關愛的孩子在書屋重拾自信與對人的信任，憑藉著愛，凡事無所畏。第一批的書屋孩子即將進入社會，但需要大人陪伴的孩子仍一代接著一代。誠摯邀請您捐款一起支持書屋，給孩子無所畏懼的未來。

只要您填寫本捐款回函，寄回或傳真書屋，書屋將與您連絡，邀請您一起支持書屋。

您只要完成下列捐款方式，並扣款成功，書屋將致贈哈肯舖手感烘焙提供的蛋糕兌換券，限量300份，送完為止。

- 捐款方式：定期定額每月至少600元，連續12個月以上

*號為必填欄位

姓　　名* ______________________

電子郵件位址 ______________________

連絡電話／手機* ______________________

聯絡地址 ______________________

給書屋的話 ______________________

____

____

請沿虛線剪下後，對折後以膠帶黏貼，直接投入郵筒寄回，謝謝！

廣告回信
台東郵局登記證
台東廣字第45號
郵資已付・免貼郵票

台東縣教育發展協會

950 台東縣台東市青海路一段275之1號

姓名：

地址：

請沿虛線剪下後，對折後以膠帶黏貼，直接投入郵筒寄回，謝謝！

書 名：

煩請詳細填寫，直接投入郵筒寄回，謝謝！